J'ai écrit ce livre pour ma femme que j'aime depuis notre première rencontre, à maintenant, nous sommes mariés, il y a six ans, jusqu'à la date d'aujourd'hui et nous aimons nos enfants. Pour prouver à ceux qu'ils liront ce livre qu'un jour leur âme sœur se manifestera. Il y a une règle essentielle pour qu'un couple uni reste uni. Règles :
1. La liberté, si votre femme ou homme ne vous laisse pas sortir où vous voulez, c'est que vous êtes un oiseau dans une cage, et un jour, dès que votre cage est ouverte. L'oiseau s'échappera un jour ou l'autre. Laissez l'autre dans sa bulle.

2. La communication, pour moi, c'est la plus cruciale ; sans communication dans un couple, c'est que le couple se séparera soit rapidement, soit un jour ou l'autre. Je communique tous les jours avec ma femme pour lui dire tout ou rien.

3. Le respect dans tous les sens du terme ! Je veux dire respecter la femme ou l'homme tel qu'il est !

Ça veut dire pas d'insulte, car c'est un manque de respect, pas de violence, parce que ça ne sert à rien d'être violent avec qui que ce soit, pas de geste déplacé ou de tromperie.

4. L'attention est très importante comme la tendresse. Si vous voulez offrir une petite attention, il y a une règle simple, il n'y a pas de jour spécial pour offrir, et la tendresse à chaque moment est très important.

5. Pour trouver l'âme sœur, il y a aussi la correspondance des signes, Par exemple, ma femme et moi, nous sommes tous deux Verseau avec des caractères différents. L'ascendant, moi Bélier têtu, et ma femme Taureau, réfléchit avant de foncer.

6. Et le dernier, l'amour, l'attirance vers l'autre, la complicité, etc..

Voici les 6 règles pour qu'un couple soit uni !

Bonne chance à vous tous !!

Prologue:

Je vais vous raconter dans cette histoire, une rencontre qui s'est vraiment passée et un amour fidèle et sincère. J'ai combiné des faits réels et des récits sortis de mon imagination, mais l'histoire d'amour est authentique. Dans ce livre, les prénoms de nos filles respectives changeront et d'autres personnes de notre entourage et nos relations respectives. Les personnes qui connaissent nos histoires de nos vies sauront où se trouvent l'imagination et le réel. Maintenant, je vais vous faire découvrir une histoire dont il y a de l'amour, de l'horreur, du fantastique, et l'histoire est divisée en deux qui vont se rassembler progressivement pour arriver dans le même temps.

Chapitre 1: L'histoire de l'ange descendu du ciel

Nous sommes en 1550, nous sommes sur une planète dans laquelle imagination et réalité s'unissent. Ou des êtres sortis des livres fantastiques et des livres bibliques que vous n'avez jamais vus, ils ont pourtant existé sur terre. Ils ne sont jamais sortis de l'imagination. C'est juste de la réalité dessinée par nos ancêtres.

Mon histoire commença sur une très grande île. Vu du ciel, nous pouvons apercevoir des villages et des mondes inexplorés. L'île était entourée d'un océan appelé Ozaggu dont les vagues destructrices de couleur bleu turquoise avec des courants infranchissables empêchaient tous navires de sortir en mer. Sur les récifs de l'île, des plages de sable blanc se formaient en raison du courant. De nombreux coquillages de toutes sortes se déposèrent au fur et à mesure au rythme des vagues. Dans les terres, la végétation régnait. Des arbres et des fleurs aux nombreuses couleurs et de différentes tailles poussèrent en masse qui empêchèrent la lumière de passer dans certaines zones de l'île. Des animaux étranges vivaient autour des arbres immenses. Au loin, on pouvait apercevoir à l'ouest de l'île. Un désert de sable bleu avec très peu de végétation dû à la forte chaleur qui régnait sur ce lieu. La nuit s'illuminait de couleurs dégradées, du bleu foncé au noir. La surface du sable changeait de couleur, elle devenait orange fluorescent en raison de la température qui descendait à moins de trente degrés avec des rafales de vent. À l'Est de ce lieu, un château en pierre entouré d'une forêt laissant un chemin créé par les villageois pour traverser d'un village à un autre avec de très grandes distances. Au Nord, plusieurs chaînes montagneuses enneigées avec des vents glacials ; au Sud, une montagne qui montait vers le ciel, dépassant les nuages, appelée le mont de Dieu. Le lieu était immense, elle s'élevait à plus de sept mille mètres de hauteur et très éloigné d'habitations. Tout autour, une énorme forêt épaisse avec très peu de chemin accessible pour arriver près de la montagne. De l'eau filtrée coulait pour aller vers les villages, des lacs aux alentours se formèrent grâce à cette eau mystérieuse. La végétation était magnifique, des fleurs magiques poussaient dans ce lieu et les chants d'oiseaux influenceraient la nature pour laisser un paradis. Il y avait des légendes qui disaient que ce lieu, où l'on pouvait voir les étoiles, la nuit tombée, descendait du ciel. On pouvait même avoir l'impression que nous pourrions les toucher. Une légende dit que c'est la porte de l'univers vers le paradis de Dieu. La roche de la montagne était lisse et très glissante. Des nuages blancs très denses comme de la neige cachent son sommet. Ils enveloppèrent tout autour de la roche de la montagne. Il était impossible de savoir qui pouvait vivre en haut du sommet. Des vents violents caressèrent les parois en laissant une douce mélodie et le peu de végétation qui était installé sur les coins des pierres. Autour du pic, des temples gigantesques se présentèrent avec des poteaux en granite blanc gravé de symboles d'une langue disparue. Ils étaient construits dans la roche épaisse et sur un plateau dont les nuages restèrent fixés dans le ciel. Un brouillard léger flottait tels des vagues, remuant la surface d'un océan tout autour des murs des sanctuaires. On discernait les toits en marbre blanc qui recouvraient sa surface. Le sol était lisse, carrelé de couleur vert pastel avec des motifs de fleurs entourées de couleur arc-en-ciel. Un voile blanc coulait le long des parois, longeant les piliers tel que de l'eau qui coulait le long d'une gouttière. Un peu plus loin, devant un horizon dégagé de couleur bleu ciel, on pouvait apercevoir deux statues d'anges gigantesques mesurant huit mètres de hauteur, vêtues d'une robe blanche en craie. L'une à coté de l'autre, faisant toucher leurs ailes, créant un passage vers des lieux paradisiaques qui se prénommait « les mondes célestes ». Les visages de ses deux anges avaient un regard opposé, observant le sol. Dans leurs mains, nous pouvions observer des clés accrochées à un anneau doré. En face de la porte et autour des statues, on pouvait entendre des rires, des cris de joie tout autour de ces lieux. Des femmes et des hommes qui entouraient le paysage de leur présence, debout avec des coupes d'un liquide rosé ou rouge. Ils avaient tous quelque chose en commun, des ailes aux plumes blanches et éblouissantes. La lumière du soleil rayonnait sur leurs ailes, leur offrant une beauté inimaginable avec une douceur sur les plumes, telles qu'une brise de vent touchant un pétale de rose. On pouvait sentir un sentiment de bien-être et d'une présence tout autour d'eux. C'était Dieu qui faisait ressentir sa présence, il est le créateur des humains et des premiers anges. Il entoura sa chaleur tout autour de la montagne, leur procurant de la joie et un bien-être. Les anciens anges ont fait des enfants et leurs enfants en ont fait à leur tour. Laissant la place en partant vers d'autres mondes par la porte des mondes célestes grâce au gardien. Il est le seul à avoir le pouvoir d'ouvrir les portes sous l'autorité de Dieu et dont la responsabilité est très grande. Il a la possibilité d'ouvrir n'importe quel passage d'un monde à un autre tant que ce ne sont pas les enfers. Ce monde dont la vie n'existe plus et que les flammes de l'enfer règnent. Où la végétation a disparu, laissant des coulées de lave orange formant des rivières et des roches en fusion. Des créatures de tout genre règnent en maîtres sur ce territoire et terrorisent les âmes défuntes, les démons attendent pour monter sur terre par une brèche dans une roche. Cette brèche laissait une lumière vert fluo. Elle entourait la roche de symboles anciens et démoniaques. La crevasse leur servait de passage pour aller sur terre et détruire les humains et manger leurs âmes. Pour en revenir au gardien des portes, il est obligé de formuler une phrase dans une langue perdue, seules les statues décident des lieux où les anges vont, sauf pour la chambre des trésors. Autour de ce paysage, nous pouvions distinguer un trône en marbre blanc gravé de motifs d'ange, mais il était vide. C'est le trône de Dieu, il était souvent vide, on pouvait juste sentir sa présence. Certaines légendes des anges disent que son apparence était une lumière chaude et douce, d'autres disaient qu'il prenait l'apparence d'animaux ou d'un enfant aux ailes de lumière étoilées telles qu'un amas d'étoiles. Un ange était debout sur un nuage comme s'il y avait un terrain solide. Le sol était une plateforme flottante et le nuage recouvrait sa surface. Elle avait des grandes ailes pliées derrière le dos, dont les plumes blanches rayonnaient de magie et touchaient le plancher. Les anges étaient vêtus de la même robe sauf un ange. Elle avait une longue chevelure de couleur noire comme une nuit sans étoile et très soignée qui lui arrivait aux omoplates. Elle était vêtue d'une robe bleu clair aussi bleue que l'eau d'un océan de couleur turquoise. Elle ne portait jamais les sandales que tous les anges portent à leurs pieds. Les sandales étaient en cuir blanc, elles étaient retenues par des lanières dorées. Elle était seule sur son nuage en regardant vers le bas où elle observait les humains. Quand soudain un autre ange avec la même chevelure, mais un peu le visage défraîchi, c'était sa mère qui arrivait pour l'en dissuader de partir en bas de la montagne de Dieu. La plus jeune se prénommait Enaya et sa mère Iria.

- Maman, je veux descendre aider les humains !

- Non ! Tu ne peux pas. Si notre père sait que tu veux descendre, il va te dire qu'il y a des dangers comme des démons, autres créatures de la nuit qui pourraient te blesser ou, pire, te tuer, et les dragons sont encore

beaucoup plus dangereux que ces êtres démoniaques.
- Mais maman, il faut que je descende ! J'ai envie de partir voir de nouveaux horizons et d'être libre, que de rester ici à les voir souffrir, quitte à perdre mes ailes. De toute façon, les dragons ont disparu de l'île depuis que les humains les ont chassés. Les démons, ils ne sont pas nombreux, et je sais me défendre grâce à Dieu, qui nous protège de sa lumière.

- Je ne pense pas que tu perdras tes ailes, mais…. Va voir notre père et demande-lui, ou sinon demande à ton frère de te faire passer la porte des mondes comme nos pères et frères avant nous !
- D'accord, je vais aller le voir, Dieu.

Un ange arriva près d'eux. Il s'appelait Sirius, un peu plus grand qu'Enaya et Iria, il mesurait un mètre quatre-vingt-quinze, c'était le frère d'Enaya. Il leur dit en les surprenant dans leur conversation:

- Excusez-moi mesdames, mais je suis venu te voir Enaya. Il arriva avec un sourire et une grande joie de voir sa sœur. Iria dit à sa fille :

- Je vais te laisser discuter Enaya avec ton frère, mais réfléchis à notre conversation.

- Oui maman, je vais réfléchir !

Iria part de la plateforme pour rejoindre ses amis. Elle ouvrit ses ailes majestueuses et battit des ailes. En deux ou trois battements, elle arriva devant un de ses amis qui tenait un verre vide à la main droite près d'une grande table en marbre et rectangulaire. Pendant ce temps, Enaya discuta avec son frère assez loin de leur mère qui rigolait avec ses amis.

- Enaya, c'est encore pour ton voyage pour aller aider ces humains. Peut-être, tu ne devrais pas descendre, car il y a des dangers et nous ne pourrons peut-être pas venir t'aider sans l'accord de Dieu !
- Oui, c'est toujours pour cela. Maman essaye toujours de me dissuader, mais je descendrai quand même. Je sais, qu'il y a des dangers, mais je ne sais pas, il y a quelque chose qui m'attire au niveau des humains, même si je n'ai pas l'accord de Dieu, je partirai !

- Ok, ne t'énerve pas. Tu ne veux pas que je demande à Dieu qui m'autorise à ouvrir une porte sur un monde où tu seras plus heureuse ici et sans danger pour toi .

- Non !
- Ne te fâche pas, mais je ne venais pas pour te dissuader, je venais savoir si ça te dirait de venir voir Tessa et ta nièce Aurore.

Tessa était la femme de Sirius. C'était leur premier enfant, il avait quelques jours.

- Non, j'irai les voir plus tard.
Sirius repartit d'où il venait pour aller voir sa femme et sa fille. La nuit tomba, le ciel changea de couleur du bleu au rose puis à l'orange pour laisser la nuit apparaître, où des étoiles commencèrent à scintiller pour laisser apparaître les étoiles qui illuminaient le ciel. Enaya se parle à elle-même et se dit:

- C'est le bon moment pour partir sur Terre. Personne ne me regarde. Elle tourna son visage de droite à gauche.

- Aucune personne aux alentours. Enaya avait prévu depuis très longtemps de descendre pour aider les humains, car elle remarquait toute cette souffrance et personne de son entourage voulait les aider, donc elle avait pris sa décision qui allait lui changer toute sa vie. D'un coup, elle ouvrit ses ailes blanches et sauta dans le vide. Enaya replia un peu ses ailes pour plonger et avoir de la vitesse pour passer le sol de nuage épais, elle mit ses bras près de son corps et les mains en prière, elle se mit à tournoyer sur elle-même. En s'enveloppant tout autour de ses ailes, son corps pour pas se blesser tel qu'une toupie et leur dit en arabe :

- Rishati alsaghirat aljamilat tusbih himayati watuzhir nuruk. *(traduction : Mes belles petites plumes, devenez ma protection et montrez votre lumière.)* Tout d'un coup, une aura de lumière blanche scintillante sortit des plumes, leur donnant un bouclier enveloppant temporairement tout le corps d'Enaya, car cette protection ne dure qu'une heure à chaque ange qui l'utilise. Elle traversa la première couche de nuages qui était une barrière protégeant la visibilité face aux humains et aux attaques extérieures. Nous pouvions entendre un sifflement du vent qui passait sur ses plumes. Elle descendit à très grande vitesse en piquet comme une étoile filante. Elle pouvait apercevoir le voilage d'une aurore boréale loin d'elle. Au même moment de sa chute, dans le ciel étoilé, on pouvait regarder un reflet blanc, tel une comète, laissant une queue derrière elle. Elle commença à voir la terre ferme, au même moment que sa protection s'estompa. Elle ouvre ses ailes en grand et en les mettant un peu en arrière pour freiner sa vitesse. Elle bat ses ailes plusieurs fois pour que ses pieds touchent le sol. Elle tourne son visage lentement tout autour pour admirer le paysage illuminé par la lumière de la lune. Elle se dit :

- Waouh, c'est un paysage magnifique. Voilà ce que les humains regardent en bas, mon ancienne maison, une montagne majestueuse. J'ai eu raison de descendre et d'admirer ce monde et de le toucher. Ce parfum de fleurs, hum ! Il envahit mes sens. Tout autour d'elle, elle entendit des bruits. Des arbres touffus de feuillage bougèrent, car le vent se leva soufflant entre les feuilles, elle était captivée. Elle s'approcha d'un petit lac dont le reflet de la lune brillait à sa surface. Des vagues se formèrent à la surface de l'eau, parce qu'un poisson venait juste de sauter en dehors. Il retomba comme une pierre vers les profondeurs du lac, tel un écho. Elle s'allongea sur un tapis vert pâle au milieu de grains d'herbe et de fleur violet clair formant un nuage doux. Elle se sentit heureuse et ferma ses yeux pour se mettre à écouter la nature qui lui parlait. Elle entendit les oiseaux de la nuit qui chantèrent entre eux, l'eau d'un ruisseau couler au loin, faisant remuer des petits galets. Elle entendit les bruits des branches d'arbres tapant entre elles. Soudain, elle se releva après quelques minutes de planitude et se dit, en étant subjuguée par une telle beauté de ce spectacle, et elle se répéta :
- Si je n'étais pas descendu, je n'aurais jamais vu un tel

spectacle aussi magnifique et magique. J'ai eu raison de descendre. J'espère que ma mère et mon frère ne m'en voudront pas de ne pas les avoir écoutés. Enaya partit sur un chemin boisé pour aller vers la ville, laissant ce paysage seul et magnifique. Elle se parle à elle-même et se dit :

- Il faut que je change d'apparence pour ne pas faire peur aux humains. Soudain, elle ouvrit ses ailes en grand, elle entoura tout son corps de ses plumes. Elle chuchota en arabe des mots doux à ses ailes en mettant toujours ses mains en prière.

- Rishati alsaghirat aljamilat 'akhfat jamalik ean alealam wa'ana nurak sawf yatalala eind nida'i. *(traduction en français : Mes belles petites plumes cachaient votre beauté au monde et que ta lumière scintillera à mon appel)* Tout d'un coup, les plumes se mettent à disparaître, laissant tout son corps nu, laissant les vêtements d'Enaya visibles. Un voile invisible se forma tout autour des plumes pour que les êtres humains ne sachent son secret. Elle s'approcha près de l'eau. Elle tendit ses mains dans l'eau

et pris de la vase pour l'étaler sur sa robe pour se fondre dans la population. Elle aperçoit, au loin, un chemin entre les arbres. Elle prit le petit sentier dont le sol était recouvert de feuilles mortes venant des arbres aux alentours. Elle distingue la fin du chemin après quelques minutes de marche. Soudain, elle s'arrêta et regarda autour d'elle. Elle découvre à quelques mètres sur sa droite. Une intersection avec un poteau au milieu. Des planches étaient accrochées avec des clous en acier, indiquant plusieurs noms de village. Au Sud Palok, où il y a la montagne de Dieu. Au Nord le village de Drak où les montagnes enneigées règnent avec une végétation dense et très rare. À l'Est, le château Muria où la chevalerie règne avec un grand roi, et à l'Ouest le panneau était à moitié cassé, on pouvait voir juste deux lettres gravées EV. Elle se dit :

- Dieu m'envoie un signe et je dois le suivre, c'est dans cette direction que je dois partir. Elle prit le chemin vers l'Ouest et marcha pendant quelques minutes. Quand tout d'un coup, sur son chemin, des lumières bleues à vingt centimètres du sol lui éclairaient la route à prendre. Des insectes comme des lucioles inoffensifs lui indiquaient le chemin. Elles s'accrochèrent sur des tiges de fleurs dont les bourgeons étaient fermés, pour un chant nuptial. Enaya arriva jusqu'au bout du chemin éclairé après quelques heures de marche. Elle était encore arrivée à un croisement, où elle se posa la question :

- Est-ce que je vais tout droit ou à droite, il n'y a plus de panneau ?

Quand soudain, au même moment, elle entendit un bruit d'une charrette roulant vers sa direction, qui venait de derrière elle. Elle se dit :

- Encore un signe ! Elle voit un chariot en bois avec deux lanternes en acier, dont le contenu était deux bougies qui se consumaient très lentement. Sur les côtés, deux potences en bois les maintenaient en suspension. Le chariot était tiré par un cheval marron dont le corps était maigre avec une étoile blanche au front et une chevelure noire et épaisse. Un homme dit à son cheval :

- Arrête-toi, Tempête, oh ! Bonjour gente dame, que faites-vous toute seule sur ce chemin ? Vous ne devriez pas rester seule par ici, car il y a des créatures qui dévorent les habitants des villages de l'île ? L'homme était brun avec quelques cheveux gris. Il était habillé d'un pantalon marron et déchiré et d'une veste de cuir en peaux de bovins. Il était assis sur une planche de bois épaisse et sale.

- Bonjour, non, je n'ai pas entendu de telles histoires.

- Vous venez d'où ?

- Je viens du village de Palok et je cherche à aller au village d'Evia.

L'homme était très intrigué par la beauté Enaya, il commença à lui jouer du charme pour lui plaire.

- Vous êtes partie seule de là-bas pour aller à Evia justement, vous avez de la chance, car c'est ma direction. Venez avec moi, ma gente dame.

Il se leva et lui prit la main droite pour l'aider à monter sur le chariot. Elle s'assit sur la planche de bois et à son tour l'homme se rassit sur son siège.

- Merci.

Enaya tomba sous le charme du premier humain, et se dit :

Il dégageait sur son visage une aura de bien-être et il est beau. C'est le premier humain que je rencontre aussi gentil. Je sens que je vais me plaire sur cette terre humaine.

- Allez, Tempête, on y va.

D'un coup, le cheval avança très lentement.

- Vous m'avez dit que vous venez de Palok, car c'est la première fois que je vois une femme avec autant de charme que vous.

- Merci, c'est très gentil. Vous aussi, vous dégagez du charme.
- Merci, et vous faisiez quel métier là-bas.

- Je suis guérisseuse et je suis partie pour des raisons personnelles.

- D'accord, pas de souci. C'est vrai que, Palok, je n'ai jamais eu l'occasion d'aller livrer de la marchandise là-bas, à mon très grand regret. C'est pour admirer des femmes aussi belles que vous. Un jour, j'irai voir au village de Palok pour la découvrir, pas vrai Tempête ? Avez-vous un lieu pour dormir ?

- Non, je n'ai pas de lieux où dormir.

- Je vous conseille d'aller à l'auberge de la licorne, vous pourrez peut-être trouver du travail et avoir un souper.

- Je cherche justement un lieu pour soigner les habitants.

- Vous m'aviez dit que vous êtes guérisseuse. C'est très bien, dans le village, nous en avons plus, car le dernier guérisseur a été tué par les soldats du roi ou probablement disparu. Les habitants du village se donnent une raison plausible, parce qu'il faisait de la magie noire et il a réveillé un démon. Vous croyez au démon ?

Elle se dit :

- Si vous le saviez ! Euh non, je n'y crois pas. Vous en avez déjà vu ?

- Oh non, je n'en ai jamais vu ! Mais il se passe de nombreuses choses dans la région.

- Ah bon, que se passe-t-il dans la région ?

- Le démon qui l'a réveillé rôde, les habitants ont peur. Les rumeurs disent qu'il mange les âmes de ses victimes.

- Je n'en ai jamais vu !

- Désolé, j'espère ne pas vous avoir fait peur. La maison du guérisseur est restée abandonnée. Il faudra peut-être des travaux. Si vous voulez, je passerai demain matin pour voir ce qu'il y a à faire comme travaux. Je suis un très grand bricoleur.

- Si vous voulez.

- Bien, je passerai demain matin. Il reste certainement du mobilier en bon état.

- Oui, je l'espère. J'espère pouvoir habiter dans ces lieux.

- Oui, je le pense, le chef du village acceptera, car nous avons besoin de guérisseurs et aussi de guérisseuses aussi charmantes que vous.

- Merci du compliment.

- Nous allons bientôt arriver, comme ça vous pourrez manger un bon repas.

- Oui, bien sûr, mais je n'ai pas d'argent.

- Tenez, je vous donne juste pour cette nuit et pour un repas.

Il tendit un sac en toile blanc pâle avec un contenu. Quinze pièces d'argent.

- Merci monsieur. Comment pourrais-je vous remercier ?

- Je vous en prie, vous pourrez me rembourser dès que vous serez installé, et des patients, vous en aurez surtout autour des villages voisins de celui-ci. Mais je peux vous poser une question.

- Bien sûr !

- Vous m'avez dit que vous venez d'un village voisin, pourquoi l'avoir quitté ?
- Des soucis familiaux !

- D'accord !

Ils s'approchèrent du village. Devant l'entrée, on pouvait voir plusieurs habitations sur le chemin menant à l'auberge. Elle pouvait entendre les cris, les rires des villageois qui habitaient dans ce village dans lequel l'alcool coulait à flots. Ils arrivèrent devant l'entrée de l'auberge.

- Oh, arrête-toi Tempête. Le cheval s'arrêta lentement. Elle descendit du chariot. Puis l'homme repartit progressivement. Elle lui posa une question avant que le chariot s'éloigne de l'auberge.

- Quel est votre nom, monsieur ?

- Mon nom est Delgole, mais vous pouvez m'appeler Delgo.

- Enchanté Delgo, moi, je m'appelle Enaya.

- Enchanté, Enaya et à très bientôt. Aller, Tempête, puis le cheval reprit son chemin.

Enaya était ravie d'avoir rencontré cet homme et elle espérait le voir rapidement. Pendant ce temps, le chariot s'éloigna de l'auberge en direction de la forêt dans laquelle on pouvait apercevoir des arbres illuminés par des lucioles qui étaient posées sur les branches de leurs hôtes.

Enaya tapa à la porte de l'auberge. Elle entendait des pas, sortir de derrière celle-ci. Une femme ouvrit la porte. Elle aperçoit un visage ridé par la vieillesse. Elle était vêtue d'une robe blanche et pâle, tenant dans sa main gauche une petite plaque de bois avec une bougie allumée qui éclairait très peu le visage d'Enaya.

- Bonsoir madame, que voulez-vous ? (Avec une voix grave, mais basse).

- Bonsoir, je voudrais une chambre et un souper, s'il vous plaît.

Elle ouvrit en grand la porte pour faire rentrer Enaya puis la referma derrière elle après avoir sorti sa tête en regardant à l'extérieur de gauche à droite discrètement. Elle rentra dans une grande salle, où elle pouvait regarder de loin un petit escalier. Dans la pièce, une grande table avec dix chaises en bois, un pot en terre cuite avec des fleurs fraîchement cueillies à son centre. La décoration était de mauvais goût. Elle s'approcha du comptoir qui était situé proche de la porte d'entrée. La vieille femme qui a ouvert à Enaya partit derrière le comptoir et un homme, lui aussi assez vieux, était en train de descendre les escaliers qui lui menaient à la cave. La vieille femme prit une clé rouillée, tendit de sa main droite à Enaya.

- Bien sûr, vous avez de la chance. J'ai une chambre de libre, elle n'a pas été nettoyée, car je suis en manque de personnel, et je suis vraiment désolée.

- Ce n'est pas grave, madame, c'est juste pour une nuit et un délicieux repas.

- Certainement, madame, je vous l'amènerai dans votre chambre. Ça vous fera cinq pièces d'argent, s'il vous plaît, madame.

- Bien entendu.

Elle sortit cinq pièces d'argent du sac que Delgo lui avait donné et les lui tendit vers sa main pâle et ridée.

- Merci.

- Excusez-moi encore ! Pouvez-vous me dire où se trouve la maison du chef du village, et est-ce que vous pouvez m'indiquer s'il vous plaît. Car je suis guérisseuse et je veux aider les citoyens de ce village et ceux des villages voisins.

- Bien sûr, désolé, je perds un peu la tête, la maison du chef d'Evia se trouve juste à deux pas ici et le cabinet est au nord dans la forêt, vous allez trouver un arbre au feuillage rouge. Mais il ne faut pas sortir la nuit là-bas, car j'ai entendu dire qu'il y a des monstres la nuit. Et pour une femme seule, c'est dangereux.

- Ne vous inquiétez pas, madame, je suis déjà au courant, un des villageois m'en a parlé, il s'appelle Delgo, et vous savez, les femmes savent se défendre.

- Ah, vous avez fait connaissance avec Delgo. Il est très gentil et très serviable, mais je vous ai prévenu, madame.

- Oui, merci.

Enaya partit en direction de sa chambre. Elle monta l'escalier. Chaque marche qu'elle montait faisait un bruit de grincement et elles étaient pleines de boue. Elle continue sur un couloir éclairé par des bougies autour des murs, accrochées sur des petites plaques de fer forgé avec des emblèmes de protection contre les mauvais sorts et autres sorcelleries. Elle arriva à sa chambre, elle l'ouvrit avec la clé qu'elle avait dans les mains. Elle entra et aperçut un lit d'une personne en bois de chêne mangé par les mites avec une pièce à côté avec une porte fermée. Sur son lit, des couvertures cousues, entrent-elles avec des peaux d'animaux sauvages, étaient étendues sur la surface et une tête d'oreiller à plumes d'oies entourée d'un tissu blanc troué. Elle apercevait aussi une petite table avec une chaise en mauvais état contre le mur, des toiles d'araignées étaient suspendues au plafond, éparpillées dans toute la pièce. La fenêtre était ouverte et les bruits de l'extérieur retentissaient dans la pièce. Enaya ferma le volet de bois qui diminua le son, pour qu'elle puisse se reposer de la longue marche qu'elle avait faite dans les bois. Ensuite, elle s'allongeait sur son lit. Quelques minutes passèrent, un bruit retentit sur la porte. *(Toc, toc, toc)*

- Excusez-moi, madame, je vous apporte votre repas.

Enaya se leva du lit et s'approcha de la porte et ouvrit. Elle aperçoit la vieille dame tenant une assiette d'une substance marron et liquide avec un morceau de chair blanche. Autour de la viande, Enaya remarque un petit os autour de la viande.

- Tenez, madame, c'est un ragoût de lapin, que vous m'en direz des nouvelles, et je vous donne aussi un morceau de pain.

- Merci, excusez-moi, pouvez-vous m'indiquer où se trouve le chef du village ?

- Oh oui, bien sûr, désolé. Dès que vous sortez de l'auberge, allez vers la gauche, c'est la maison en face du maréchal-ferrant. Vous ne pouvez pas la manquer, je suis désolée de vous avoir donné très peu d'indications tout à l'heure.

- Merci !

- Enfin, je vous remercie, car nous avions besoin d'une guérisseuse, parce que le dernier, il a été tué ou disparu, personne ne le sait !

- Pourquoi personne ne sait s'il a disparu ou a été tué ?

- Je suis désolé, je ne peux pas vous le dire.

- Et pourquoi vous ne voulez pas me le dire ? Delgo me l'a déjà dit !

- Alors ne l'ébruite pas, les villageois ont déjà peur de la menace extérieure, et si vous ébruitez, je ne donne pas cher de votre peau dans ce village.

- D'accord, je vous le promets.

La patronne de l'auberge lui tendit l'assiette, Enaya lui prit et le morceau de pain qu'elle lui avait tendu vers elle. Elle posa son repas sur la table et referma la porte. Une fumée chaude sortit de l'assiette. Une délicieuse odeur délicate s'échappe de la viande cuite. Elle prit ses couverts en bois et commença à manger. Après quelques minutes, elle finit son assiette. Elle s'essuya son plat avec un morceau de pain. Elle se posa la question :

- Pourquoi la patronne de l'auberge n'a pas voulu me dire ce qui est arrivé au dernier guérisseur, je vais poser la question au chef du village ; lui, peut-être, elle pourra me dire ce qui lui est vraiment arrivé ! Elle repartit se coucher, laissant l'assiette et les couverts sur la table. Elle se coucha sous sa couverture et s'endormit d'un sommeil profond.

Chapitre 2: Les rêves d'Enaya

Elle était en train de faire un cauchemar. Elle se retrouva au milieu d'une forêt épaisse laissant peu de passage. Tout autour d'elle, elle remarqua un voile de froid s'étendre au sol, couvrant le paysage, qui lui donna des frissons. Elle entendit un cri l'appeler et qui s'approcha vers elle. Elle se mit à courir entre les arbres, elle aperçut une silhouette d'un monstre derrière elle. Elle se mit à fuir et à s'échapper de ce monstre qui s'approcha de plus en plus. Elle ressentait sa présence tout autour des arbres. Quand soudain, elle s'arrêta et le vit. Ce monstre qui l'a poursuivi, il était sous la forme d'un démon avec casque en acier avec des cornes. Il était vêtu d'une armure dont son épaule droite était des pieux, derrière son dos des ailes de chauves-souris qui s'illuminaient d'un feu ardent de couleur oranger. Il formait des vagues suivant le vent. Il avait une faux comme l'ange de la mort. Il était muni d'une ceinture dont la boucle était gravée dans un os humain et il était de forme d'un crâne humain. Il avait à sa taille une chaîne qui se divisait et qui descendait jusqu'à ses bottes en métal. À ce côté, un cheval noir dont une aura l'entourait aussi sombre, qu'un ciel sans étoiles, avec des yeux rouge sang. Sur son dos, il n'y avait pas de selle, car son cavalier le montait à cru sur sa monture. Le cheval était tout aussi dangereux que son maître, puisqu'il avait une autre facette, pour attirer ses proies ou les pousser vers son maître pour qu'ils puissent les dévorer. Revenons à Enaya, elle se sentait effrayée devant ses créatures, quand elle entendit un autre cri qu'elle ne pouvait pas décrire. Tout d'un coup, une voix lui dans sa tête.

- Je serai toujours là pour te protéger !

À ce moment-là, elle ressentit une présence qui la rassura, un sentiment de bien-être l'envahissait et qu'elle ne pouvait pas expliquer. Soudain, elle se réveilla en sursaut. Elle se dit :

- C'est bizarre, pourquoi je vois ces images affreuses depuis que je suis venu sur terre. C'est Dieu qui veut m'envoyer un message.

Après s'être réveillée, elle se leva pour se mettre de l'eau sur son visage, car des gouttes de sueur l'avaient envahie. Elle s'essuya la peau de son visage. Ensuite, elle se recoucha et elle se rendormit sans faire d'autre cauchemar. Le lendemain, dans la montagne de Dieu, c'était le panique, Iria qui chercha partout sa fille. Elle partit voir son fils qui était en train de discuter avec sa femme Tessa :

- Sirius as-tu vu ta sœur ?

- Non, pourquoi ?

- Je pense qu'elle est descendue pour aider et voir les humains !

- Je ne pense pas !

- Et toi Tessa, tu l'as vu ?

- Non, je ne l'ai pas vu. Elle devait venir me voir pour me garder un peu ma fille pour que je puisse me reposer, mais elle n'est pas venue. J'étais seul avec notre fille et Sirius toute la soirée d'hier et ce matin, regardez comme elle est mignonne.

- Oui, tu as raison, elle est belle, mais ma priorité est de trouver Enaya, car je pense qu'elle doit être en danger, si elle est descendue au milieu des humains. Elle va être en danger, voire pire.

- Non, je pense que ça va aller, Enaya sait ce qu'elle fait et elle a toujours aimé les humains, il ne faut pas penser le pire, dit Tessa.

- Elle a raison. Tessa, maman, tu ne devrais pas t'inquiéter, peut-être que tu devrais aller voir Dieu. Il devait savoir où elle se trouve.

- Tu as raison, je vais le voir de ce pas.

Iria part voir Dieu en laissant Tessa et Sirius avec leur fille Aurore. Elle ouvrit ses ailes et fit plusieurs battements d'ailes. Elle s'envola, survolant les murs des temples pour arriver devant un sanctuaire isolé des autres. Elle se posa en rabattant ses ailes, elle était arrivée devant le temple différent des autres. Elle marcha jusqu'à son entrée. Elle pouvait apercevoir autour du sanctuaire une aura de lumière et une chaleur de bien-être. Plus elle s'avance en direction du trône de Dieu, plus la lumière s'intensifie. Elle distinguait des statues d'anges qui ont vécu tout autour de la pièce. Des nuages rampaient à dix centimètres du sol. Elle arriva face au trône et s'agenouilla devant. Elle demanda à Dieu dont l'apparence n'était qu'une lumière instance ; elle pouvait juste voir une silhouette sur le trône.

- Dieu, père des anges, pouvez-vous me faire une requête ?

- Oui, mon enfant !

- Pouvez-vous me dire où se trouve ma fille Enaya ?

- Donc tu veux trouver ta fille. Enaya, elle est descendue dans le monde des humains. Son destin est déjà tracé depuis qu'elle est descendue voir les humains pour les aider sans mon accord. Elle est partie dans la nuit au moment où son frère est parti voir sa femme et sa fille.

- Comment ça, vous le savez depuis le début, et pourquoi vous ne l'avez pas arrêté, père ?

- Depuis qu'elle est descendue, un destin lui a été tracé, car elle a des épreuves à réaliser pour trouver le bonheur, mais elle reviendra parmi nous. Il ne faut pas t'inquiéter, parce que dans son destin, elle trouvera le véritable amour, son âme sœur.

- Mais c'est impossible, il faut que je la retrouve, c'est ma fille seigneur !

- Je le sais, mais si tu quittes ce lieu protégé, un destin va aussi se dessiner pour toi, mais différent et peut-être plus dangereux. Tu aurais une vie différente que celle d'Enaya, car elle est jeune et seule. Tu sais, Iria que mes pouvoirs sont limités quand je dois m'occuper des souhaits des humains. Alors qu'Enaya veut sauver ses humains, et même si j'aurais refusé, elle serait partie quand même, ce qu'elle a fait. Tu devrais la laisser et voir comment l'aider en cas de danger.

- Merci, seigneur, de m'avoir dit tout cela, protégé là.

- Je la surveillerai et si elle vient à être en danger, je t'autoriserai à partir la voir, mais pour

l'instant, laissons-la, elle va aider ses humains.

Après avoir vu Dieu, elle repartit voir Sirius pour lui dire ce que Dieu lui a répondu sur l'absence d'Enaya.

Il lui répondit :

- Il a raison, père, gardons-nous aussi un œil sur Enaya et laissons-la aider ses humains. Je suis obligé de te laisser, nous devons aller voir nos amis pour faire montrer notre fille. Tu veux peut-être venir avec nous ?

- Je viendrai après. Vous pouvez y aller, je vous rejoindrai.

Sirius et Tessa qui avaient leur enfant dans les bras ouvrirent leurs ailes et partirent voir leurs amis. Pendant ce temps, Iria inquiète partit dans une pièce de l'habitation de son fils. Elle ouvrit la porte, s'avança dans la pièce blanche et marcha à petit pas pour découvrir un renfoncement. Elle découvrit un nuage différent des autres sur le mur. Plus qu'elle s'approcha du nuage, plus qu'une surface se forma. Un cercle blanc et lisse apparaît. Iria dit en murmurant devant la surface :

- Almurat alati yunir nuruha qalbi 'arini abnati einayatan (traduction en français : Miroir dont ta lumière illumine mon cœur, montre-moi ma fille Enaya)

Soudain un reflet commença à apparaître, elle distingua Enaya est en train de dormir paisiblement.

Sur son lit. Rassurer, Iria part rejoindre son fils et sa belle-fille pour leur dire ce qu'elle l'a vu dans le reflet.

Pendant ce temps, la vieille dame entra plusieurs fois dans la chambre sans faire de bruit. Elle amena des vêtements propres qu'elle posa sur un tabouret qui était dans une pièce isolée près du lit dont la porte était fermée. Elle amena aussi plusieurs seaux remplis d'eau chaude pour

transvider dans une baignoire en bois étanche, elle était exposée contre un mur. Elle remarqua Enaya qui dormait paisiblement. Enaya se leva de son lit, au même moment et dit :

- Bonjour Madame, Que faites-vous dans la chambre ?

- Bonjour Madame, Je suis désolé de vous avoir réveillé. Je suis venu vous préparer un bain bien chaud avec du savon parfumé qui vient du marché de Muria et je vous amène des vêtements propres que j'avais gardés de ma fille aînée qui est partie dans la ville de Kindra.

- Je vous remercie pour cette attention.

- C'est normal, madame.

La vieille femme sortit de la chambre en refermant la porte. Enaya s'approcha de la baignoire en bois remplie d'eau claire bien chaude. Elle prend le savon dans sa main droite. Elle l'approcha de son nez et dit :

- Il sent très bon, le parfum des fleurs. Un jour, quand je repartirai voir Aurore, je lui en apporterai et à ma mère pour lui dire que les humains ont de très bonnes qualités. Elle se mit à regarder son reflet. Elle ôta ses vêtements, ils glissèrent sur les courbes de son corps délicat pour tomber sur le sol. Elle entra dans la baignoire et elle s'allongea pour se détendre pendant quelques minutes. Elle prit le savon et glissa sur sa peau douce en faisant remuer ses bras et ses jambes. Elle se rinça et sortit du bain. Elle s'essuya et prit une robe de couleur blanc pâle qui était sur le tabouret. Elle est sortie de la chambre en direction de l'entrée de l'auberge avec ses affaires sales. Elle vit la patronne de l'auberge devant son comptoir, elle lui redonna la clé de sa chambre et lui dit :

- Je vous remercie pour cette attention que vous m'avez apportée et je vous remercie du repas hier soir.

- C'est normal, madame.

- Au revoir, madame, et à très bientôt. Et si vous venez me voir au cabinet, vous serez toujours la bienvenue.

- Merci madame, vous aussi, et je vous ferai un prix.

- Au revoir, madame.

Enaya sortit de l'auberge, ouvrit la porte et s'arrêta en faisant deux pas sous le porche. Elle regarda la ville se réveiller. Elle a aperçu des personnes vêtues de vêtements sales sur la route centrale de la ville. Elle entendit et regarda les chariots de marchandises circuler tirés par des chevaux. Elle découvre la ville telle qu'elle est vraiment chez les humains et non un paysage dans lequel elle a vécu depuis son enfance. Elle reprend sa route et fait quelques pas pour aller voir le chef du village. Elle arriva devant l'habitation du chef du village. Les murs étaient en pierre avec un toit en chaume, sa porte était en rondin de bois de sapin. Elle tapa à la porte. *(Toc, toc, toc)*

- Entrée ! *(Elle dit d'une voix grave)*

Elle entra, elle vit un homme assis devant une table, en train de manger des fruits rouges avec des petites boules vert pâle, la pièce était décorée de tableaux de familles, elle pouvait apercevoir une épée posée sur la cheminée en pierre. L'homme était un ancien soldat du roi et dit à Enaya:

- Bonjour, gente dame, Voulez-vous un fruit ?

- Bonjour, seigneur. Non merci !

- Donc, vous venez me voir pourquoi ?

- Eh oui, je m'appelle Enaya et je suis une guérisseuse et je cherche le chef du village.

- Je suis le chef de ce village, je m'appelle Parkus, et je suis sûr que vous venez savoir si vous pouvez prendre le cabinet de l'ancien guérisseur ?

- Oui, je viens vous voir pour savoir si je peux prendre le cabinet ? Des habitants de votre village ont dit que l'ancien guérisseur avait disparu ou été tué par les gardes du roi. Je voudrais savoir pourquoi les habitants ne veulent pas me dire ce qui lui est arrivé, s'il vous plaît ?

- Vous voulez savoir ce qu'il lui est arrivé. Bien normalement, je n'en parle pas aux étrangers de cette histoire. Mais je vais vous le dire, l'ancien guérisseur pratiquait la magie noire et il a invoqué un ou des démons. Il n'a pas disparu, mais a été tué par la garde du roi Varius qui est maintenant décédé et dont son fils Balou a repris le trône.

- D'accord, je comprends mieux les habitants et les démons. Où sont-ils ?

- Là, actuellement, nous ne savons pas où ils se cachent, mais il attaque la nuit. La population fait plus attention et les soldats du roi sont sur leurs gardes, les traquent sans répit et sans les trouver. Mais ne vous inquiétez pas, le cabinet est libre et vous pouvez y habiter, mais faites attention de ne pas trop sortir la nuit tombée.

- Merci ! Je ferai attention de ne pas sortir la nuit tombée.

Enaya était très heureuse d'avoir le cabinet qui était libre.

- Il n'est pas très loin de la forêt dans laquelle vous pourrez le trouver, près d'un arbre au feuillage rouge. Il est au nord. Si vous suivez le chemin dès que vous sortez de ma maison, vous arriverez à votre cabinet en très peu de temps et il est isolé. Vous allez rester longtemps ici.

- Oui, je pense que je suis venue aider la population de ce village et les autres villages voisins.

- J'espère que vous ne faites pas de la magie noire ?

- Non, je n'en fais pas, je soigne le plus souvent avec des plantes de la forêt ou des montagnes.

- Très bien, le lieu est à vous et je vais prévenir le village pour dire que nous avons une guérisseuse.

- Merci.

Enaya sortit de la maison du chef du village pour aller sur le chemin vers le nord. La route était très sableuse avec des tracés de roues de chariots. Les habitants étaient très amicaux dès qu'elle passait devant eux. Au loin, elle aperçoit la forêt, les arbres aux feuilles vertes, puis jaunes ; plus elle marche, plus les feuillages changent de couleur jusqu'à ce qu'elles deviennent rouges. Soudain, elle aperçoit son futur cabinet et maison. C'était une maison abandonnée depuis quelques années dont les toiles d'araignées enveloppaient la porte et les fenêtres, les ronces entouraient les murs extérieurs de la maison, le toit en chaume était en bon état. Elle entra dans la pièce, la porte avait grincé. Elle remarque une table en bois tombée sur le sol, qu'elle remettra debout. Elle remarqua des symboles de magie noire, plus qu'elle marcha dans la pièce, plus qu'elle remarqua des cendres sur le sol. Des livres éparpillés et brûlés. Elle remarqua au coin de la pièce un cercle tracé à la craie avec des symboles, sur le mur tout autour, un encadrement formant une porte. Elle se dit :

- Il s'est passé quelque chose ici, je pense que c'est le guérisseur qui a été tué. Il a du parti en tas de cendre et les habitants de cette ville préfèrent une version plus adéquate en pensant qu'il a disparu ou que les soldats du roi l'ont tué. Je pense qu'il l'a fait rentrer par cette porte, qui a été créée par les symboles. Il ne devait pas penser que ce monstre sortirait des enfers. Il va falloir que je nettoie et que je retire ses symboles maléfiques des pièces.

Elle prit un balai et commença un grand nettoyage, des coups de balai à droite et à gauche. Elle prend un seau d'eau avec un morceau de chiffon qu'elle trouve dans un coin de pièce pour effacer les traces de symbole maléfique, car si quelqu'un aperçoit qu'elle a des pouvoirs, il pourrait avertir le roi et la torturer ou, pire, l'a tuer. Elle se dit :

- Il ne me reste plus que les symboles maléfiques à retirer. Oublions le chiffon, je vais regarder aux alentours s'il n'y a personne.

Elle sortit et ne vit personne, à part entendre les oiseaux chanter perchés autour des arbres et le vent souffler légèrement sur les feuillages. Elle rentra et, d'un balayage de main, elle fit disparaître les symboles. Enfin fini, je peux maintenant accueillir les humains blessés ou malades dans cette pièce qui est fermée. Je vais me servir de ce vieux rideau pour protéger mon secret de la vue des humains.

Une heure plus tard, tout d'un coup, une personne tape à sa porte. *(Toc, toc, toc)*

- Qui est là ?

- Bonjour Enaya, Je ne sais pas si vous vous rappelez, je suis Delgo. Je devais passer pour savoir si tu avais des travaux à faire.

- Bonjour Delgo, eh non, ça va aller, merci quand même, à part si tu veux, il y a ses ronces à débarrasser qui sont autour de la maison ! *(Enaya espérait que Delgo ne l'avait pas vu utiliser ses pouvoirs)*

- Oui, je vais m'en occuper !

Delgo commença à prendre une machette pour couper les ronces. Après deux heures de travail, un mauvais geste arriva et la machette égratigna la jambe droite de Delgo. Le sang coulait sous le pantalon blanc pâle qui devenait au fur et a mesure rouge.

- Ouah, j'ai fait un mauvais geste, je me suis blessé la jambe.

Le sang coulait beaucoup, laissant une plaie peu profonde.

- Ah oui, venez avec moi, nous allons nettoyer la plaie et je vais vous mettre un baume pour cicatriser. Vous serez mon premier patient.

Elle l'amena dans la pièce isolée pour le soigner, elle était ravie de l'avoir près elle, et c'était réciproque. Elle ressentait un sentiment inconnu, une sorte d'attirance envers lui, car Delgo lui avait fait du charme pendant leur première rencontre et Enaya était réciproque.

- Faites-moi voir cette blessure. Ah oui, qu'est-ce qui vous est arrivé ?

- Je n'ai pas fait attention.

– La plaie est superficielle, mais avec ce baume, vous allez guérir vite. Merci d'être venu m'aider. Pouvez-vous vous allonger le temps que je nettoie la plaie ? Maintenant, je vous mets ce baume cicatrisant.

Elle recouvre d'une bande de tissu la jambe avec laquelle elle avait désinfecté et déposé le baume sur la plaie.

- Merci, Enaya

Leurs visages s'attirèrent et ils s'embrassèrent.

Enaya sait reculer et dit :

- Excusez-moi ! C'est la première fois que ça m'arrive.

- Ce n'est pas grave. Enaya, de toute façon, je dois partir livrer de la marchandise. Mais on se voit bientôt.

- Bien sûr !

Enaya était sous son charme et se dit qu'elle a de la chance d'avoir rencontré un humain aussi charmant.

- Alors, à très bientôt, Enaya. J'y pense. Enaya voudrais-tu venir manger en ma compagnie ?

- Oui, je serai ravie.

- Demain soir, je viendrai vous chercher.

- D'accord !

Delgo sort de la pièce puis de la maison pour aller livrer sa marchandise avec son chariot qu'il avait laissé à quelques mètres du cabinet pour ne pas effrayer Enaya de son arrivée.

Enaya sort un peu en dehors de sa maison quand elle voit des personnes arriver blessées pour se faire soigner et se dit :

- Voilà, des personnes qui ont besoin de moi. Je crois que Parkus a prévenu le village de ma présence, mais je ne pensais pas aussi vite.

Des femmes avec des enfants malades, blessés, arrivèrent avec des hommes à cheval, voire en chariots. Enaya ne savait plus où donner de la tête, elle était débordée de travail tout en utilisant ses pouvoirs bénéfiques en secret et en dehors des regards indiscrets. Elle demanda à ces clients de se retourner pour qu'il voie son pouvoir agir sur leurs plaies et les cache toujours avec des morceaux de tissus et leur dit :
- Vous serez guéri dans quelques jours.

Le soir arriva, elle sortit de son cabinet et marcha sur le chemin pour aller au village. Enaya entendit une femme crier au loin, sans savoir d'où il venait, car les échos et le bruit du vent sur les arbres le cachaient. Elle se dit :

- La vieille femme a raison, pourtant il faut que j'aille chercher à manger. Je vais me déplacer avec mes ailes sans que personne me voie. Elle chanta une mélodie douce à ses ailes en mettant ses mains en prière près de son visage et dit en arabe :

- Rishi alsaghir aljamiil yamnahuni alquat liltayaran 'iilaa sama' 'ukhraa. (traduction en français : Mes belles petites plumes, donne-moi la force pour voler vers d'autres cieux)

Tout d'un coup, ses ailes se mirent à briller d'une lumière scintillante, elle rechanta une mélodie pour faire un camouflage et dit :

- Rishati alsaghirat aljamilat 'akhfat jamalik. *(traduction en français : Mes belles petites plumes cachaient votre beauté).*

Les plumes diminuèrent de leur intense lumière, laissant des plumes noires. Enaya commença à les déployer. En deux battements d'ailes, elle se souleva et prit son envol très discrètement au village. Au moment d'arriver à quelques mètres, elle les cacha. Elle acheta de la nourriture avec l'argent, qu'elle avait gagné. Elle regarda autour d'elle, s'il n'y avait personne. Elle marcha quelques mètres et réouvrit ses ailes. Mais elle ne savait pas qu'elle était surveillée par une créature aux yeux jaunes qui se cachait derrière un buisson. On pouvait à peine voir son visage avec la bouche sangloter, autour de ses dents pointues de la chair fraîche avec du sang qui coulait autour de sa bouche, dégoulinant jusqu'au menton, laissant des gouttes tomber sur le sol. Il observait depuis son arrivée jusqu'à son atterrissage dans la plaine, il était caché dans la forêt avec sa monture. Enaya s'envola vers sa maison.

Arrivée à sa porte, elle ouvrit et referma la porte et sécurisa ses fenêtres en fermant les volets en bois épais de cinq centimètres. La créature repartit dans les bois, en ayant laissé le corps de sa victime inerte avec des énormes blessures et des manques de morceaux de chairs de son corps.

Enaya mange son repas et repart s'endormir. Elle continue à faire les mêmes cauchemars.

Elle se réveilla en sueur et resta éveillée pour ne pas s'endormir. Le lendemain matin, Enaya retourne au village. Elle part voir la patronne de l'auberge. La vieille femme lui dit :

- Vous n'avez pas entendu la nouvelle, cette nuit, une femme a été retrouvée morte et le roi demanda à ses soldats de faire des rondes autour du village.

Elle lui détailla le corps de la femme mutilé. Il y avait des griffes sur le corps et des manques, des morceaux de chair un peu partout. Même les soldats étaient effrayés de voir cette horreur. Ils entendaient les mouches voler autour du corps mutilé avec une mare de sang. Il y en avait partout et une odeur épouvantable de cadavre pourri. Le corps était éventré, les organes ressortis et il lui manquait son cœur et d'autres organes. Enaya dit avant de repartir à son travail :

- Non, je ne savais pas, ça devait être horrible, et ils n'ont pas retrouvé ses créatures ?

- Non, les soldats les recherchent toujours !

- Madame, je suis désolé, je suis obligé de repartir travailler.

- Faites attention, guérisseuse !

- Je le ferai !

Enaya part pour aller à son cabinet quand elle voit une queue de cinquante personnes qui l'attendait, des femmes enceintes, des hommes et des femmes blessés par des créatures. Elle se dit :

- Il y a vraiment énormément de monde qui ont besoin de mon aide.

A la tombée de la nuit, quand Enaya finit toutes les personnes, Delgo tapa à la porte. *(Toc, toc, toc)*

- Oui, entre Delgo !

- Bonsoir. Enaya comment vas-tu ?

- Fatigué, c'est comme si je n'avais rien fait, car il y a toujours plus de monde qui arrive. Et au fait, as-tu entendu qu'une femme a été mutilée ?

- Oui, j'en ai entendu parler, je ne sais pas quelle créature pourrait faire ceci à une femme ! Mais tu n'as rien à craindre en ma présence, je te protégerai.

- Merci, mais ça va aller, voudrais-tu, qu'on mange ici.

- Oui, si tu veux.

Ils commencèrent à manger et discutèrent de tout et de rien, un sentiment les attirait entre eux. Ils rapprochèrent leurs visages délicatement et s'embrassèrent. Ils couchèrent ensemble dans le lit Enaya. C'était la première fois, qu'Enaya faisait l'amour. Après ce désir charnel, Enaya tomba dans un sommeil profond. Dans la nuit, elle refit un cauchemar totalement différent, elle observa un combat dans un ciel enneigé entre un démon en armure et un dragon de trente mètres de haut aux écailles bleu turquoise avec une longue queue et des pointes acérées. Des dents tranchantes et quatre pattes avec des griffes affûtées, crachant un feu de lave ardent à faire fondre un monstre de pierre. Elle était en première loge. Elle ne savait pas pourquoi, elle distinguait ces images terribles et qui était son ennemi, le dragon ou le démon en armure. Elle se réveilla en sursaut, Delgo était près d'elle en train de dormir. Elle se blottit contre lui, pour se sentir protégé.

Quelques années passèrent, Enaya et Delgo étaient amoureux, mais le comportement de Delgo avait changé depuis la première nuit passée ensemble. Il buvait énormément, Enaya essaya de l'aider, mais sans succès. Il partait la plupart des nuits, laissant Enaya seule. Elle lui demanda à Delgo de prendre leurs distances le temps qu'il se décide enfin à arrêter de boire et d'avoir des excès de violence avec elle. Delgo refusa et lui dit :

- Si tu me quittes, je vais mourir sans toi.

Enaya ne sachant pas quoi faire, elle était perdue et se posa la question :

- Comment me défaire de son influence.

Elle sort de ses pensées et lui répond :

- Non, je préfère rester ami vu que tu ne changes pas, car ça fait six années que tu es comme ça. Il faut que tu arrêtes de boire, ce n'est pas une vie, ni pour toi, ni pour moi, et en plus, tu sors la nuit et je ne sais pas pourquoi au lieu d'être avec moi. J'en ai assez, restons-en là.

Tout d'un coup, Delgo sort de la maison d'Enaya et part dans sa maison en colère, en laissant Enaya seule. Ses patients qui ont vu et entendu la scène étaient déçus pour Enaya. Enaya sortit de son cabinet après le départ de Delgo, en s'excusant auprès de ses patients de ce qu'ils ont vu. Elle court en larmes vers la forêt et prend son envol vers le lieu de son arrivée. Ça faisait très longtemps qu'elle était revenue près de ce lac. Elle cacha ses ailes tout en larmes, c'était son premier chagrin d'amour, elle n'avait jamais ressenti un tel sentiment pour une personne et elle se dit :

- Si j'avais su que j'allais vivre des moments comme celui-ci, je ne serais pas descendu. J'aurais dû écouter ma mère et ne pas venir auprès des humains. Mais il y a tellement de personnes qui ont besoin de moi. Il faut que je garde courage.

Soudain, elle entendit un cri d'un animal blessé malgré le vent qui souffle sur les feuillages. Les oiseaux qui chantaient sur une branche partirent de frayeur. Enaya courut à travers les arbres vers l'endroit où le cri a été émis. Quand elle arriva sur place, elle remarqua un homme sur l'animal essayant de retirer le piège qui paralysait à la patte. Le piège avait abîmé des nerfs de la bête. Enaya observe cet homme discrètement et se dit :

- Cet homme est gentil avec cet animal, en plus, il est mignon. Enaya réveille-toi, tu vas refaire la même erreur que Delgo, mais attendons, peut-être qu'il tuait un animal pour le manger ? Attendons !

L'animal était un grand cerf avec des bois majestueux sur sa tête, sa peau était blanche comme de la neige, le sang coulait abondamment de sa patte. L'animal s'agitait au sol, quand il lui dit :

- Reste tranquille ! Je ne te veux pas de mal. Ça fait plusieurs années que je passe par là, grand cerf, mais je ne t'avais jamais vu par ici. Je pense que tu devais chercher de l'eau ; moi, je voudrais trouver l'objet qui est tombé du ciel il y a quelques années au moment de l'aurore boréal vert. Je suis comme toi, je n'ai rien trouvé, à part toi, grand cerf des neiges. Je vais essayer de te retirer ce piège.

Enaya écouta toute la conversation que cet homme qui parlait à l'animal et se dit :

- Donc il me cherche, il faut que je me méfie de lui. Peut-être que c'est un démon, mais j'y pense, un démon n'essaierait pas de sauver l'animal.
Enaya était intriguée. Tout d'un coup, l'homme réussit à lui retirer le piège. Au même moment, il se retourna. Il vit Enaya cachée derrière un arbre et lui dit :

- Bonjour, je suis venu aider cet animal, j'ai entendu son cri alors que j'étais dans le coin avec mon cheval.

Elle sortit de sa cachette et s'avança vers cet homme et l'animal. Enaya dit :

- Bonjour, oui, j'ai vu !

Enaya s'approcha de l'animal, elle caressa son museau pour le rassurer, il comprit qu'elle était un ange avec une grande bonté.

- Comment avez-vous fait pour qu'il se calme aussi rapidement ?

- Je suis une guérisseuse et je sais comment faire avec les animaux ! Peux-tu aller me chercher des herbes pour que je lui fasse un baume pour protéger sa patte ?

- Oui, bien sûr !

Il partit plus loin dans les bois, à quelques centaines de mètres. Pendant ce temps, Enaya regarda s'il était assez loin et commença les soins grâce à son pouvoir. Elle lui posa la main sur sa blessure et une lumière commença à éblouir la plaie.

Soudain, l'homme arriva discrètement et remarqua le miracle apparaître. Il s'approcha d'Enaya tout doucement, tellement qu'Enaya ne remarqua pas sa présence. Il lui dit :

- Vous êtes !
Il était stupéfait de voir la blessure disparaître. Enaya surpris qu'il ait vu cette scène, lui dit :

- Je suis désolé que vous ayez vu cela. Je suis un ange, mais il ne faut pas que vous le disiez à qui que ce soit, car ils vont me tuer, voire pire.

- Vous n'avez pas de crainte à avoir avec moi votre secret sera bien gardé. Je vous cherchais depuis que je vous ai vu descendre de la montagne, telle une comète. Je viens chaque année, je pensais que c'était un objet, mais non, c'était vous. En plus, vous êtes magnifiquement belle. J'ai oublié de me présenter, je m'appelle Emrik et j'habite à Kindra près de la montagne. Votre lieu de vie, j'ai eu raison de suivre mon instinct et de venir dans le coin pour voir un ange et magnifique.

- Merci de tous ses compliments, j'ai oublié de me présenter aussi, je m'appelle Enaya.

Enaya sentit en Emrik une âme bénéfique. Plus elle discutait avec lui, plus elle ressentait des choses en commun. Comme s'il était lié depuis toute une vie, elle se le voyait en homme, ça l'avait ntriguée. Elle écouta sa voix et se dit qu'elle l'avait déjà entendue, mais elle ne savait plus où. Emrik dit à Enaya :

- Je suis enchanté,Enaya mais je suis désolé, je dois repartir. J'étais ravie de t'avoir rencontré et je suis tombé sous ton charme. Vous êtes magnifique.

- Merci, moi aussi j'étais ravi de t'avoir rencontré,Emrik. Peut-être qu'un jour nous nous reverrons ?

- Bien sûr, et si tu passes à Kindra, je t'accueillerai avec plaisir.

- Merci, Emrik toi aussi si tu passes par là.

- Je n'y manquerai pour rien au monde.

- Merci Emrik.

L'animal se releva et s'enfuit dans la forêt. Pendant ce temps, Emrik s'éloigna dans la forêt récupérer son cheval. Enaya reprit à son tour son chemin, elle ouvrit ses ailes en leur chantant une douce mélodie et repartit vers son cabinet en étant heureuse d'avoir rencontré un homme gentil et en qui elle pouvait avoir confiance pour son secret. Pendant son envol, elle repensait à Delgo, elle espérait qu'enfin ça soit fini avec lui.

Pendant ce temps, Delgo arriva dans sa maison, il ouvrit et referma sa porte avec une telle puissance qu'il la détruisit. Il se promet :

- Je t'aurais, Enaya ! Tu sauras bientôt qui je suis vraiment !

Chapitre 3: La créature

Pendant ce temps, les meurtres s'intensifiaient la nuit, les corps de femmes et d'hommes mutilés continuaient à pleuvoir. Un jour un cavalier avec sa monture gigantesque arriva dans le village. Il venait de la ville de Muria. Ils s'avancèrent au pas, entrant dans le village. Ils traversèrent la route centrale, les villageois étaient étonnés de voir un cheval aussi immense avec un chevalier. Il était vêtu d'une armure avec un symbole d'un grand dragon rouge sur le blason situé au niveau du torse. À sa ceinture, une grande épée dans un fourreau en cuir épais. À sa cross on pouvait distinguer un rubis de couleur sang. La lame pouvait transpercer des montagnes, laissant un trou de plusieurs mètres, car elle a un très grand pouvoir. Elle l'avait, la puissance de celle des dieux, dont la couleur de la lame changeait à chaque type d'ennemis, comme si elle était vivante. Son porteur avait son visage caché par le casque en fer en forme de tête de dragon, plusieurs plaques de

métal se succédaient l'une sur l'autre telles que des écailles protégeant toute la tête. La visière avait deux fentes pour laisser passer ses yeux noirs. Son cheval venait d'une race des chevaux les plus puissants, il mesurait deux mètres vingt pour un poids d'une tonne huit cent kilo. Il était si puissant il pouvait tracter deux fois son poids. Sous son armure, sa peau était blanche avec une crinière noire très souple et douce, mais très courte. En dehors de son armure, on pouvait juste distinguer les pattes blanches avec ses sabots ferrés. Son corps était protégé d'une épaisse armure de défense, mais très légère, d'un alliage unique venant d'une mine près de la montagne de Dieu. Tout le cou de l'animal était protégé d'une couche de plaques, l'une sur l'autre formant des écailles comme le casque de son cavalier. Ils arrivèrent à l'auberge au pas pour se reposer de son voyage. Le chevalier étant descendu de sa monture, nous pouvions entendre le bruit du métal se frotter en eux. Les passants le regardèrent, impressionnés de voir un chevalier venir dans une petite ville. Il s'approcha de la porte de l'auberge et entra directement. Il remarqua l'aubergiste en train de ranger les clés de ses chambres sur le mur clouté. Il se retourna, étonné de voir un chevalier avec son épée à la taille. Il dit :
- Bonjour, mon seigneur. Que puis-je faire pour vous ?

- Bonjour, aubergiste. Pouvez-vous m'indiquer où est le cabinet de la guérisseuse et si elle est aussi impressionnante que ça vient dans les oreilles du roi ?

- Euh, oui, elle est impressionnante depuis qu'elle est arrivée, il y a une grande queue de personnes qui veulent se faire soigner par elle. Même moi, regarde mon seigneur, elle m'a sauvé ma jambe. Quand je suis parti dans la forêt pour chasser, je me suis fait attaquer par un ours qui m'a arraché la jambe avec sa patte et ses griffes m'avait arraché la chair. J'ai réussi à rejoindre mon cheval et je suis parti directement là voir. Et je ne sais pas comment elle a fait. Je ne souffrais plus, elle m'avait mis un baume de plantes et une bande. Elle m'a dit qu'au bout de quelques jours, il ne restait que des cicatrices. Quand je lui ai demandé comment elle avait fait pour son baume, elle m'a répondu qu'elle n'utilisait que des plantes qui sont très rares sur la montagne.

L'aubergiste lui fait montrer les cicatrices. Il dit :

- Oui, vous avez raison, elles sont impressionnantes. Mais pouvez-vous me dire où elle se trouve ?

- Bien sûr, mon seigneur, elle se trouve au Nord près de la forêt. Quand vous arriverez près des arbres dont les feuillages virent au rouge vous serez près de son cabinet ; sinon si vous ne trouvez pas mon seigneur, demandez aux villageois, ils vous diront la direction à prendre.

- Fort bien, merci aubergiste, pourrais-tu me donner une chambre et t'occuper de mon cheval qui ne manque de rien ?

- Bien sûr, mon seigneur, je vais vous mettre la meilleure de nos chambres et je pars de ce pas. Heu, pour l'argent ?

- Je te donnerai demain matin.

Le chevalier partit dans sa chambre. Il retira son armure à l'écart des regards, pendant ce temps l'aubergiste s'occupa de la monture comme d'un roi, il lui retira l'armure de défense. Il le lava, le brossa la crinière noire et la peau blanche. Décrotta la terre sous les sabots et demanda au forgeron de s'occuper des fers.

La nuit arriva très vite, le chevalier tomba dans un sommeil profond dû à son long voyage.

Il faisait un cauchemar dû au combat qu'il avait mené et aussi à l'inquiétude de sa mission, qui l'avait amené aussi loin de Muria.

Le lendemain, il se leva et partit se laver dans une coupole d'eau claire. Il remit son armure. Il ouvrit la porte de la chambre, descendit l'escalier, il vit la femme de l'aubergiste et dit :

- Bonjour Madame.

- Bonjour, mon seigneur.
- Pouvez-vous me dire si sa monture est prête ?

- Bien sûr, mon seigneur, c'est mon mari qui s'en est occupé. Je vais de ce pas le chercher !

- Fort bien, car je dois partir très vite.

Elle sortit de l'auberge par une porte de derrière qui menait à son mari qui se trouvait dans l'écurie. Ils arrivèrent tous les deux dans la pièce. Soudain, l'aubergiste lui dit :

- Votre monture est prête, et pour l'argent ?

- Oui ! Donne-moi le montant, car je suis pressé .

- Mon seigneur, ça vous fera quarante pièces d'argent.

Il sortit d'un petit sac soixante pièces d'argent. Il le dit à la femme de l'aubergiste pour les remercier de cette information, pour la chambre et pour le bon repas qu'il avait eu dans sa chambre.

- Merci,chevalier, c'est trop.

- Garder le tout.

Avant de passer la porte, l'aubergiste lui posa une question.

- Excusez -moi encore, mon seigneur, mais je voulais savoir pourquoi vous vouliez la voir ? Est-ce qu'elle fait de la magie noire ?

- Tu n'as pas à me le demander, mais je vais te le dire, sait le roi qui l'a demandé à la cour, et penses-tu, vu qu'elle t'a sauvé ta jambe, qu'elle s'amusera à pratiquer de la magie noire !

- Non, mon seigneur, excusez -moi de vous l'avoir demandé, je retourne à mes tâches.

- Fort bien !

Le chevalier sortit de l'auberge, remonta sur sa monture et partit vers le nord pour retrouver la guérisseuse.

La nouvelle arriva très vite dans toute la ville. Un chevalier vient chercher la guérisseuse et que le roi l'avait demandée à sa cour. Les rumeurs qui parcouraient toute la région. Pendant ce temps,, Enaya continuait à utiliser son pouvoir sur ses patients pour les soigner en toute discrétion. Au même moment, Delgo part de chez lui pour aller au village de Drak en compagnie de Tempête pour faire une livraison. Le chevalier partit sur le bon chemin, quand il arrive devant le cabinet d'Enaya.

Il descend de sa monture et attache sa longe à une branche d'un des arbres aux feuillages rouges. Il s'avança devant tous les patients d'Enaya et leur dit :

- Excusez-moi, bonjour à tous, mais je suis obligé de récupérer votre guérisseuse, c'est pour le roi.

Les habitants parlent entre eux en chuchotant et disent :

- Vous avez vu, le cavalier, il dit que c'est pour le roi. J'espère qu'il n'est rien arrivé, ni à son fils ?

- Oui, tu as raison. Il vaut mieux partir !

Après leur conversation en eux, ils partirent chez eux, laissant Enaya en compagnie du chevalier pour discuter :

- Bonjour, chevalier. Que vouliez-vous de moi et pourquoi avez-vous fait partir tous ces villageois qui avaient besoin de moi ?

- Bonjour Guérisseuse. Je savais que vous étiez charmante, mais là, vous êtes magnifique.

- Merci, tous les villageois me le disent chaque jour, mais vous ne venez pas me voir pour me faire des compliments.

- Eh non, j'ai besoin de votre aide, sait le roi qui m'a demandé de venir vous chercher pour son fils. Il a été attaqué par une créature de la nuit, mais elle l'a attaqué en pleine journée, et ses blessures sont graves. Nous avons essayé d'arrêter le sang qui coulait au niveau de sa jambe. Il a été empoisonné et le venin, les chimistes du roi n'arrivent pas à le retirer. Ils essayent toujours de trouver un antidote, mais sans succès. Il ne nous reste plus que vous. Vous êtes notre seul espoir pour le sauver !

- Je prépare mon matériel et j'arrive.

Elle rentra dans la maison, prit des fioles et des tissus qui lui servaient de bandages dans une sacoche, avec de la nourriture et de l'eau. Elle sortit du cabinet, le chevalier lui dit :

- Vous pourrez monter avec moi sur ma monture.

- Très bien.

Elle monta devant lui à ses côtés en lui prenant la main, car le cheval était très haut. Ils partirent en galopant, en prenant le chemin de Muria à l'est d'Evia. Elle tenait de sa main gauche sa sacoche, car elle avait peur de faire tomber tout son contenu, car son vrai pouvoir était ses mains et sa douce voix. Personne ne devait le savoir, qu'elle était un ange, car même le roi la brûlait comme une sorcière sur le bûcher ou l'enfermait dans un cachot. Enaya ressentait les secousses du cheval en armure. Le chevalier la tenait de la main droite. Enaya sentait le torse froid du chevalier. Son dos touchait le métal de l'armure. Le chemin est très long pour arriver à Muria. Le chevalier et Enaya continuèrent à galoper. Quand tout d'un coup, ils distinguèrent sur la route une cabane abandonnée sur le côté gauche. Le chevalier tira les rênes vers lui pour faire arrêter son cheval, lui disant :

- Oh, oh, Raven calme-toi. Ils descendirent du cheval et le chevalier l'accrocha les rennes sur une barrière près de l'entrée de la cabane abandonnée.

Au même moment, en marchant vers l'entrée, Enaya posa une question au chevalier :

- Comment vous appeler, mon seigneur ?

- Je m'appelle chevalier Percé, commandant de la garde royale du roi Balou de la ville de Muria. Et vous, guérisseuse ?

- Je m'appelle Enaya, et oui, je suis guérisseuse !

- Je le sais déjà. *(en riant tous les deux)*

Enaya était très timide et impressionnée devant Percé. Il enleva son casque et le prit à son bras. Son visage était d'une couleur sombre avec des cicatrices profondes et blanches. Il avait le crâne rasé. Ils entrèrent dans la cabane et distinguèrent une cheminée, une table et des chaises dispersées dans la pièce avec un lit poussiéreux. Les couvertures étaient des peaux animales, il remarque sur le sol un fluide séché rouge et une fenêtre cassée. Percé lui dit en sortant de la pièce :

- Je vais chercher un peu de bois pour cette nuit.

Il déposa son casque sur la table. Il sortit de la pièce et partit chercher du bois sec sur le chemin. Il récupéra plein de petits bois. Il rentra dans la pièce froide et il déposa près de la cheminée. Il ressortit pour donner à boire à Raven et lui caressa la peau sous l'armure en lui disant :

- Courage mon ami, nous sommes bientôt arrivés. Demain, je te donnerai des pommes avec du bon foin frais.
- Huuuu !

Raven était ravi et il secoua la tête pour le remercier de ce qu'il lui avait promis. Percé et Raven se font un câlin en posant sa tête sur son épaule. Après le câlin, il part prendre dans une sacoche qui est accrochée à sa selle deux objets qui étaient enveloppés dans un tissu. Il repartit dans la cabane, entra dans la pièce. Il ouvrit le premier objet enveloppé, c'était deux silex pour faire du feu. Il m'est du bois avec des brindilles dans la cheminée et avec ses deux silex. Il les frotta l'un sur l'autre et soudain, quelques étincelles apparurent et le feu prit, brûlant les brindilles puis le bois sec. Percé s'avança vers la table, il ouvrit le second objet. Du pain avec quelques morceaux de viande sèche est apparu. Il en donna à Enaya et s'en prit aussi pour lui. Ils mangèrent en d'assailants sur une chaise en bois et discutèrent. Ils sentirent la chaleur se remplir dans la pièce.

- Percé, pouvez-vous me parler du roi et de son fils au moment de l'accident ?

- Le roi Balou est un très bon roi, il dirige le peuple depuis quelques années. Il a perdu ses parents, quand il avait l'âge de ses vingt ans et il nous protège bien. Je suis à sa garde depuis de nombreuses années, il cherche toujours un moyen de dialoguer, au lieu d'attaqué d'autres peuples voisins.

- Et son fils Glenn ?

- Glenn est un enfant âgé de onze ans, il aime chasser le gibier comme son père sur les terres du château. Ce jour-là, au lever du jour, il prend sa garde personnelle pour chasser justement du gibier. Ils partirent dans les bois sur un sentier. Il distingua un sanglier derrière un buisson. Il prépara l'arbalète pour tirer sur l'animal. Au même moment, un soldat tomba à terre. Sa gorge avait été tranchée ensuite par un autre sans apercevoir l'ennemi, jusqu'à tuer tous les soldats. Il était très effrayé, il s'occupait plus du sanglier, mais juste pour sa vie. Sa garde personnelle était tous morte. Il distinguait les cadavres allongés avec les gorges tranchées, où le sang coulait sur le sol et giclait sur les écorces des arbres, laissant des taches rouges sur l'herbe verte. Il nous a expliqué sa peur. Il s'est enfui en direction du château pour que la garde royale l'entende crier. Il parcourra quelques kilomètres comme si la bête cherchait à le chasser. Jusqu'à ce qu'il trébuche sur une racine et tombe sur le sol. Au même moment, la créature arriva très vite. Il entendait son souffle et sa respiration sans le voir ; il regarda tout autour de lui sans rien voir. Un bruit retentit sur le sol, d'un coup il entend derrière lui le grognement de la bête. Il se retourna et la vit devant son visage. Son apparence était impressionnante; il avait des pattes de guépard, un corps humain tacheté. Il avait une queue de scorpion, une tête de lion avec des cornes de buffle. Il s'approcha lentement de Glenn et attrapa la jambe avec ses griffes tranchantes. Glenn cria de douleur. Il sentait les tissus de sa jambe se faire découper en profondeur, il avait peur et il ne savait pas ce qu'il attendait. La bête faisant des vagues avec sa queue, il utilisa et planta son dard, qui se détacha de sa queue, dans l'épaule du jeune garçon. Il était en pleurs, en sueur et criait de douleur. Du venin de couleur pourpre coulait de la plaie, il hurla à l'aide. Soudain la bête entendit du bruit au loin du sentier et s'enfuit dans la forêt en grimpant l'arbre qui était devant lui. Il sauta de branche en branche avec une très grande vitesse et une agilité. Une garde royale qui faisait une ronde autour du château entendit le cri de Glenn. Ils partirent en courant vers le son de Glenn, un garde dit aux autres soldats :

- Vite, le fils du roi est en danger, allons-y !

Ils ont accouru vers le fils du roi.

Un des soldats qui voit Glenn à terre dit aux autres :

- Prévenez le roi de cet incident et allez chercher un chariot de transport rapidement.

Deux soldats de la garde partirent rapidement en direction du château.

- Vous autres allez tuer cette bête.

- Ça sera fait.

Les deux gardes arrivèrent au château. Un des deux soldats prit un chariot rempli de paille chez un paysan, l'autre était parti avertir le roi. Pendant ce temps, le soldat prit Glenn dans ses bras pour le transporter et avancer le plus vite possible jusqu'à ce que le chariot arrive.

Une dizaine d'hommes restèrent armés d' armures, d'épées et d'arbalètes pour chasser la bête en fuite. Au même moment, deux autres se mettent derrière pour les couvrir, ils s'avancent au fur et à mesure sur le chemin boisé. Glenn expliqua avec difficulté que toute sa garde avait été tuée et que la bête se servait des arbres pour se déplacer. Le garde lui dit :

- Restez calme, messire, ne parlez pas, respirez tranquillement.

- Dites à mon père que je l'aime !

Soudain, il tomba dans un coma en disant ses derniers mots.

- Que fait le chariot ?

Au même moment qu'il prononce ses mots, il entend le bruit des roues du chariot. Le chariot arriva rapidement, ne laissant pas de répit aux chevaux ; les gardes prirent l'enfant inerte, le déposèrent délicatement sur la paille formant un matelas douillet. Le chariot partit à très grande vitesse avec les trois gardes qui protégeaient le fils du roi. En quatre minutes, il a traversé le chemin pour aller au château qui était à deux kilomètres.

La douleur était tellement forte qu'il se réveilla et retomba inconscient. Pendant ce temps, le garde arriva devant le roi et lui dit en ma présence:

- Mon roi, il s'est passé un drame; votre fils a été gravement blessé, la garde qui devait le protéger, ils sont tous morts! C'est un monstre de la nuit !

- C'est impossible, envoyez -moi une armée pour chasser ce monstre et aller chercher mon fils !

- Mon seigneur, il y a déjà des gardes qui sont partis chercher votre fils et traquer ce monstre.

Soudain, Percé dit :

- Laissez -moi traquer cette créature, mon roi.

- Non, je te demande Percé d'aller chercher la guérisseuse dont les soldats ont entendu parler et que le peuple aussi. C'est une guérisseuse qui vit dans le village d'Evia. Elle pourrait peut-être sauver mon fils, car les monstres de la nuit ont des poisons dont nos guérisseurs n'ont pas l'antidote.

- Fort bien, mon roi, j'y vais de ce pas !

- J'ai confiance en toi, Percé !

Percé sortit de la salle, prit son cheval qui était gardé par un écuyer et dit à son cheval :

- Raven, mon ami, il faut que tu m'amènes au plus vite à Evia chercher une guérisseuse pour sauver Glenn !

Tout d'un coup, j'ai monté son Raven et suis parti rapidement pour Evia. Nous galopions, nous avions fait des arrêts pour nous reposer. Puis nous reprenions notre chemin. Nous galopions des heures.

- Et voilà, c'est pour cela que vous êtes avec moi.

- Je vous promets que je vais faire tout mon possible pour sauver le fils du roi.

- Je vous remercie, Enaya.

Elle ressent à nouveau ce sentiment d'attirance, cette fois-ci pour Percé.

Il commença à retirer son armure morceau par morceau. Elle distinguait plusieurs cicatrices qui ne dataient pas d'aujourd'hui. C'était celle de nombreux combats qu'il avait faits auprès d'un précédent roi. Le roi qui avait servi était un tyran et vivait sur une île. Il voulait toujours utiliser la force au lieu de la diplomatie pour envahir les autres villages.

Enaya s'approcha délicatement de Percé en lui demandant si elle pouvait le toucher. Il lui répondit tendrement :

- Oui, si tu veux.

Ils ressentirent tous les deux une attirance. Elle commence à toucher une cicatrice et une autre, elle passe délicatement sa main sur son torse musclé. Elle sentit les courbes des bouts des doigts du corps de Percé, puis elle passa ses mains sur ses bras jusqu'aux doigts qui sentaient les lacets. Au même moment, Percé se retourna et l'embrassa avec passion. Les deux corps se collent aux draps. Le lendemain matin, où le jour se leva, Enaya et Percé reprirent le chemin sur Raven en direction du château. Quelques heures passèrent tout en galopant jusqu'à l'apparition des remparts. Le Châtelet était à quelques mètres d'eux. Deux gardes gardaient l'entrée, ils s'écartèrent pour laisser le passage aux deux cavaliers. Le château avait quatre tours de guets, un pont-levis, des douves et des murs montant jusqu'à cinquante mètres de haut pour être impénétrable. Ils entrèrent sur la grande cour, passant le corps de garde pour arriver près de l'entrée de la demeure du roi Balou. Ils arrivèrent quand Percé tira sur les rennes et dit :

- Arrête-toi, Raven !

Il s'arrêta d'un coup et ses occupants descendirent de Raven. Un écuyer arriva pour prendre Raven, Percé dit à l'écuyer :

- Prends soin de Raven et donne-lui des belles pommes du marché et du bon foin bien frais, car je lui en ai promis !

- Bien, mon seigneur !

L'écuyer partit avec Raven et l'amena à l'étable royale. Ils marchèrent vite près du roi et de son fils escortés par quatre gardes. Il avait fait cent mètres pour atteindre enfin la chambre de

Glenn. Deux gardes étaient de chaque côté de la porte armée d'une lance avec une pointe en acier. L'un des gardes ouvrit rapidement la porte et laissa rentrer Percé et Enaya. Le roi était vêtu de sa couronne sur la tête et de vêtements chauds en peau de bêtes sauvages. Il était au chevet de son fils, ses genoux touchaient le sol. À côté du lit, le corps étendu de son fils, qui était inerte, dû à la fièvre et au poison. Sa jambe était bandée par un tissu blanc avec une tache rouge, due au sang séché. Une autre tâche qui, celle-ci, était au niveau de son épaule. On pouvait apercevoir une auréole pourpre, dont le poison coulait lentement dû à son épaississement. Il envahissait tout son corps, laissant un petit trou avec un objet noir en écaille. Enaya demanda au roi et au soldat de sortir de la chambre. Ils s'avancèrent vers la porte quand le roi lui demanda :

- Madame, faites tout ce que vous pouvez pour sauver mon fils ; il a perdu sa mère, ma reine, dans une ville voisine avec un peloton, et ils se sont fait aussi attaquer par un serpent avec une force et une férocité inimaginables. Le serpent l'a empoisonnée, et elle est morte, avant que Percé arrive pour tuer cette créature. Il y a trois ans que ça s'est passé, alors, s'il vous plaît, je vous en conjure sauvez Glenn, il ne me reste plus que lui !

- Je ferai tout mon possible, mon roi.

Elle attendait qu'ils soient partis pour commencer à le soigner. Ils sortirent tous. Pendant ce temps, le roi demanda de monter une armée de deux cents hommes et que Percé en prenne le commandement pour traquer cette créature, car, après son départ, les soldats sont revenus bredouilles. Percé partit avec l'accord du roi. Il monta sa grande armée. Des hommes en armures avec des boucliers et des épées en acier sur des chevaux. Ils partirent tous en direction de la forêt. Les animaux aux alentours fuyaient les bois, effrayés par la détonation sur le sol de l'armée lourde et nombreuse. Ils arrivèrent sur les lieux de recherche et descendirent. Ils prirent un des nombreux chemins et entrèrent sur le sentier. Percé demanda à ses soldats de se disperser dans toute la forêt pour traquer la bête. Ils ne savaient pas sur quoi ils allaient tomber.

Pendant ce temps, Enaya s'approcha de Glenn, elle enleva le drap restant sur une partie de son corps. Elle découvre plusieurs blessures superficielles sur le corps et les soigne rapidement. Elle enleva la bande et révéla une blessure ouverte sur quarante centimètres. Partant du haut de la cuisse jusqu'en bas de la jambe, et elle distingua un petit trou au niveau de l'épaule. Elle regarda la plaie qui était très profonde. Le sang coulait d'une couleur noire, la plaie était empoisonnée à cause du dard de la bête. Le venin s'était répandu dans tout le corps. Enaya retire de la blessure des morceaux d'ongles en sanglots, d'une dizaine de millimètres. Elle retira avec une petite pince une sorte de petite écaille violette de la plaie de l'épaule. Elle essaya de retirer le venin du corps en lui posant ses mains sur le trou de la piqûre et en créant un autre chemin pour le faire sortir. Elle utilisa un petit couteau très tranchant et fit une petite entaille au niveau de ses poignets. Au fur et à mesure que le venin coule vers le sol comme une attraction. Le venin commençait à se dissiper lorsqu'elle referma les plaies. Pour sortir le reste du venin, elle utilisa son pouvoir d'ange. Chaque plaie disparaissait avec une lumière éblouissante illuminant ses mains. Le corps était devenu saint sans blessure et de venin. Glenn reprenait des couleurs normales. Enaya s'attaqua ensuite à la plaie de sa jambe, qui se referma aussi délicatement de haut en bas. La fièvre descend d'un coup, elle lui met des tissus mouillés sur le front de Glenn et met des bandages propres sur la blessure. Elle remit sur Glenn ses couvertures. Après avoir sauvé Glenn, elle sortit après deux heures passées à voir le roi et Percé pour leur dire qu'elle a sauvé Glenn. Enaya était intriguée que la présence de Percé n'était plus là, elle dit au roi :

- J'ai réussi mon roi avec quelques difficultés, mais il a besoin de repos.

- Merci, madame, d'avoir sauvé mon fils. Puis-je aller le voir ?

- Oui, bien sûr, mon roi, mais où est passé Percé ?

- Percé, je l'ai envoyé avec une troupe de soldats pour traquer et tuer la bête qui a fait du mal à mon fils ! Je vais vous faire escorter dans vos quartiers que j'ai demandé que l'on vous prépare avant votre arrivée. Soldat, escorte la guérisseuse jusqu'à ses appartements, car elle doit être fatiguée du voyage et aussi de la grande aide à sauver mon fils !

- Bien, mon roi !

- Suivez-nous, madame.

Enaya était obligée de suivre les deux soldats qui l'escortaient. Elle était épuisée d'avoir utilisé autant d'énergie pour sauver Glenn. Ils marchèrent tous les trois en direction des quartiers d'Enaya. Pendant ce temps, le roi partit voir son fils dans sa chambre pour être à son chevet. Dès qu'il entre, le roi remarque que son fils dort profondément et qu'il n'a plus de fièvre. Il remarqua les bandages propres sur les plaies sans tâche de sang noir ou de poison. Il se dit dans ses pensées :

- Elle a vraiment sauvé la vie de mon fils.

Il lui prend la main droite, jusqu'à son réveil. Pendant ce temps, Enaya était déçu de ne pas avoir vu Percé et de voir que le roi l'obligeait à aller dans sa chambre pour se reposer. Ils arrivèrent devant la porte. Le premier ouvrit la porte. Elle se sentait obligée de rentrer dans cette pièce, car la fatigue la rongeait. Son corps commençait à ne plus tenir debout. La chambre était magnifique avec un grand lit avec des draps en soie rouge,un grand miroir sculpté dans du bois de chêne venu des montagnes de Kindra. Il était exposé près de la fenêtre contre un mur. une grande fenêtre par laquelle la lumière du soleil entrait pour toucher le sol froid. Elle regarda tout autour de la pièce. Elle remarqua sur les murs en pierres plusieurs tableaux avec des portraits de rois et de reines qui avaient vécu dans ce château. Enaya s'avança devant la fenêtre pour voir la vue. Au même moment, le garde ferma la porte et se plaça sur le côté droit du mur extérieur. L'autre soldat était du côté gauche pour l'empêcher de sortir de son appartement sans accord du roi. Elle regarda l'horizon en dehors du château, elle admira les plaines vertes tout autour. Elle aperçoit au loin la montagne d'où elle est descendue, elle était entourée de brouillard au-dessus des arbres. Elle s'avança vers son lit, d'un coup, elle s'allongea sur les draps doux et tomba dans un profond sommeil. Enaya fit un rêve qui l'intrigua; elle se voyait dans une grande forêt dans les montagnes. Plus elle marcha entre les arbres sur un sentier, plus elle entendit des grondements tout autour d'elle. Elle fait quelque mètre, quand soudain une grotte apparaît et le grondement devient plus fort. Elle commença à avoir peur. Elle ne savait plus si elle devait avancer ou reculer et repartir dans la forêt en prenant ses jambes à son cou.

Dans son rêve, elle ne peut pas voler. brusquement une silhouette d'un monstre qui surgissait derrière elle. Elle mesurait huit mètres de haut avec des ailes immenses de chauve-souris, il avait des écailles vert turquoise aussi dures que de l'acier avec de grands yeux en amande de couleur bleu foncé. Il avait une grande queue avec une pointe en flèche à l'extrémité, et aussi tranchante. Le museau était assez large pour manger un humain avec des crocs pointus. Quand il marcha, le sol tremblait sous ses griffes tranchantes qui s'enfonçaient dans le sol. Enaya était effrayée de voir une telle créature s'avancer vers elle. Elle se retourna délicatement pour voir la créature. Dès qu'elle le voit, elle fait quelques pas discrets en arrière pour s'enfuir, quand sans crier gare, la créature lui dit par télépathie :
- Bonjour, petit ange. n'aie pas peur de moi dû à mon apparence, je ne te ferai jamais de mal.

Enaya intriguée qu'il connaisse son secret, lui répond à son tour :

- Comment connais-tu mon secret ?

- Nous nous sommes déjà rencontrés près de la forêt.

Elle se rapprocha et tendit sa main pour toucher le monstre.

- Puis-je te toucher ?

- Oui, bien sûr !

La créature baissa son cou pour descendre son visage. Au même moment, Enaya approcha délicatement sa main droite pour toucher le museau. Le museau était de très grande taille. La créature se laissa caresser délicatement les traits de ses écailles de sa tête. En le touchant, elle ressentit une émotion différente, qu'elle n'avait jamais ressentie auparavant. Une douceur dégageant de cette créature, de la chaleur, de l'amour profond pour Enaya, une confiance et une sécurité. Ça l'intriguait. Elle ferma ses yeux sans crainte et entendit son cœur battre rapidement. Elle pouvait sentir le souffle de la respiration de la bête qui était plus grande qu'elle, jusqu'à ce qu'elle ouvrit ses grandes ailes. Surprise, elle ouvrit ses yeux au même moment. La créature lui dit :

- Petit ange, il faut que je parte, car il y a des humains qui approchent et je ne veux pas les blesser.

- Est-ce que je te reverrai ?

- Oui, petit ange, dès que tu auras besoin de moi, je serai là.

- Mais comment tu le sauras ?

- Appelle-moi, je suis Em….

Il partit au loin dans le ciel, jusqu'à ce qu'elle ne le voie plus. Elle se dit en se posant plein de questions :

- Quelle créature est-ce ? Pourquoi je ressens de telles sensations ? Des sentiments ? Qui est-ce ? Il m'a dit qu'on s'est déjà rencontré dans la forêt.

D'un coup, Enaya se réveilla tranquillement en repensant à son rêve. Elle se leva de son lit. Elle s'avança vers la porte. Elle ouvrit, soudain elle aperçut les deux gardes qui étaient exposés de chaque côté. Ils se mirent à bloquer le passage en croisant leurs lances devant l'entrée, en empêchant Enaya de passer. Elle repartit en arrière en se tournant et s'avança vers son lit. Elle se mit à genoux. Elle se mit à prier Dieu pour qu'il protège Percé, tout en ayant l'esprit troublé de son rêve, et se dit :

- Cette créature doit venir de mon imagination, car elle n'existe pas, mais pourtant ce dragon se battait bien avec le démon en armure. Je ne comprends plus rien. Dieu, père des anges, protège Percé et ce dragon qui m'est venu dans mes rêves.

Au loin, Dieu écouta sa prière d'Enaya, il était sur son trône et se dit :

- Pourquoi protéger une telle créature puissante qui pourrait nous détruire rien qu'avec son souffle ardent et qui n'est pas apparue depuis des siècles ? Les humains les ont éradiquées et il doit en rester très peu sur cette île.

Attendons de voir, protégeons Percé pour le combat qu'il doit mener.

Pendant ce temps, au château, le roi ressortit de la chambre, laissant son fils se reposer et ordonnant à un de ses gardes de le prévenir dès son réveil. Il partit voir Enaya dans ses quartiers. Le roi partit seul sans sa garde rapprochée dans un grand couloir froid dont les murs étaient en pierre. Des tapisseries étaient accrochées, évoquant des batailles légendaires, dont l'une représentant un dragon allant cracher du feu sur un chevalier en armure avec une longue cape bleu foncé, tenant une épée à sa main droite en arrière et un bouclier devant son visage pour se protéger. Le roi arriva devant la porte de la chambre d'Enaya. Il observa les gardes et ils veillaient qu'elle ne sortît pas de sa chambre. Il ordonna d'ouvrir la porte à l'un des deux soldats. La porte s'ouvrit, Enaya fut surprise de voir le roi arriver devant elle. Soudainement, elle se releva devant lui. Le roi lui dit :

- Madame, excusez-moi de vous avoir demandé d'aller dans votre chambre et d'y rester, mais je voulais voir de mes yeux si vous aviez vraiment sauvé mon fils. Je vous en remercie, je sais que je peux avoir confiance en vous maintenant. C'est pour cela que vous pouvez me demander ce que vous voulez. De l'argent, des terres ?

- Merci mon roi, mais je ne veux rien, juste des nouvelles de Percé !

- Percé va très bien. Un de mes messagers est revenu de la forêt me disant qu'ils n'ont pas encore trouvé la créature.

Vous ne devriez pas vous inquiéter pour Percé, mais pour ce monstre, car il va mourir et payer de ses crimes. Percé va lui donner du fil à retordre. Pensons à autre chose. Vous pouvez aller où bon vous semble dans le château, je vous retire la garde devant votre porte.

- Merci, mon roi.

- Je vous ferai parvenir de la nourriture par mes domestiques, à part si vous voulez me tenir compagnie à ma table pour le souper.

- Merci seigneur, je serai honoré de souper à votre table.

- Je vais vous faire venir une robe pour vous. Garde, demande à la servante de ramener une robe digne d'une princesse, et tu pourras disposer de ta mission et tu vas remplacer le garde qui guette à la tour Sud.

- Fort bien, mon seigneur, ça sera fait.

Il garda parti pour aller voir la servante. L'autre garde quitte son poste à son tour pour aller faire sa relève.

- Je viendrais vous chercher dès que vous serez changé.

Le roi sortit de la pièce pour aller voir son fils. Une servante du roi tapa à la porte de la chambre après quelques minutes. *(Toc, toc, toc.)*

- Entrée !

La servante arriva et entra dans la pièce avec dans ses mains une robe bleu ciel et bien plier. Elle la déposa sur le lit. Enaya était surprise de la beauté de la robe qui lui avait été amenée .

Sa chambre. La servante sortit de la pièce puis repartit dans les cuisines du roi. Pendant ce temps, Enaya se déshabilla et mit la robe. Elle se regarda devant le très grand miroir. Elle se trouvait magnifique ; sur la robe, on pouvait apercevoir une ligne de fleurs brodée avec des symboles royaux. Elle était longue, avec les épaules dégagées laissant les courbes du dos nues. Enaya se sentait comme une princesse de sang royal. Quelques minutes passèrent, quand le roi tapa à la porte. *(Toc,toc, toc.)*

- Entrée !

La porte s'ouvrit quand soudain le roi est subjugué de voir Enaya magnifique et il dit :

- J'aurai jamais vu une femme aussi belle que vous à part ma bien-aimée qui à été tué.
- Je vous remercie mon seigneur mais la robe sait trop.
- Non, elle vous va à ravir.
Le roi brandit son bras droit et Enaya s'accrocha à lui. Elle suivi le roi à ses coté. Ils discutèrent sur le chemin de la grande salle à manger.
- Vous êtes sûr de rien vouloir, mais si un jour vous avez des soucis prévenez nous, nous arriverons nous aussi pour vous aidez ?
- Bien mon seigneur !
Un messager arriva devant le roi et dit :
- Mon roi, nous avons trouver la créature !
- Fort bien, je veux que vous disiez à Percé de la tué et de me ramenez sa tête !

- Fort bien mon roi, je vais lui transmettre sur papier.
- Et dites-lui que mon fils est sauvé grâce à la guérisseuse Enaya !
- Tout sera dit mon roi.

Ils continuèrent à marché lentement jusqu'à arrivé devant la grande salle du banquet d'avoir sauvé Glenn.
- Je vous es pas demander comment vous trouvez votre chambre ? Est-elle a votre goût ?
- Elle est très belle, merci pour votre hospitalité.
- C'est moi qui vous remercie encore et pour la chambre royal du châteaux, pour les invités.

Ils entrèrent dans la pièce, Enaya était ébloui d'une telle grande pièce, où elle pouvait voir les étendards des nombreuses alliances. Une grande table de banquet pouvant accueillir un millier de personnes, avec sur la table des fruits venant de plusieurs régions de l'île. De la viande bien découpé par les cuisiniers royal exposer l'une sur l'autre. Des couvert et des assiettes en acier qui étaient exposer sur la table.
- Enaya prenez place près de moi s'il vous plaît.
- Je suis honoré votre majesté de prendre place près de vous.

Pendant ce temps, qu' Enaya et le roi savourent leurs délicieux repas que les serveurs amenaient au fur et à mesure avec du bon vin venue du marché de Geris près de la pyramide dont le sable bleue règne cette partie de l'île. Pendant ce temps, dans les bois près du châteaux, Percé avec l'armée essayèrent de retrouvé la créature. Ils s'alignaient pour parvenir à prendre une grande surface de recherche. Ils entendirent un cri d'un animal blessé à quelques mètres d'eux. La créature sentit la présence des hommes partirent se réfugier à travers les arbres. Percé

envoya deux soldats en reconnaissance. Ils ont distingué l'animal, s'était un sanglier éventé par des griffes acérés. Ils arrivèrent à penne quelque minute après bête soit éventré car le sang était encore chaud, les boyaux sortait du corps et touché à même le sol en terre. Il mourut suite à ses blessures profonde et mortelles. Les deux soldats couraient avertir Percé que la créature était dans le coin. l'armée avec Percé arrivèrent sur le lieu. Percé ordonna aux soldats, qu'ils prennent une marche en demi-cercle pour prendre la bête en tenaille. Plus qu'ils avancèrent dans les bois, plus qu'ils ne laissaient aucun endroit pour ce caché. Ils marchèrent entre les arbres. Quand soudain ils distinguèrent une grotte cachée par des branches. La créature se cachait profondément dans le noir. Les parois humide étaient pleines de sang et sur son sol. Des cadavres étaient empilés, ossements humains et d'animaux sauvages éparpillé tout autour de la créature, elle avait entendu de loin et l'avancement des soldats jusqu'à sa cachette. Elle attendait le bon moment pour sortir de cette endroit pour ce défendre. La grotte était à peine voyante mais les hommes armés remarqua des tâches de sang au sol et sur quelques brindilles. Percé ordonna aux soldats :
- Allumée les torches et brûlé les feuillages !
Les soldats sous l'ordre de Percé allumèrent les feuillages devant l'entrée. Le feu prit très vite et enfuma la grotte profondément. Les deux hommes qui étaient à entrée dirent qui avaient reculer de quelque pas :
- Il va sortir avec cette fumé !
- Tu crois !
- Oui et nous attendons pour le tué !
- Tu as raison, nous allons achevé !

D'un coup la créature sortit en faisant un bon avec ses pattes arrière poussant les brindilles en feu. Il tendit ses bras en croix en protégeant son visage et les écarta pour se servirent de ses griffes tranchantes pour découpé la tête des deux soldats en même tant devant l'entrée telle qu'une faux. Les corps tombèrent sur le sol. Ensuite il lança un coup de queue faisant tombé un autre soldat. Il agita sa queue le temps que sa victime essaya de se relever et présenta son dard pour le planter dans le crâne de sa victime. Il perça l'os sans difficulté, laissant le venin pourpre couler sur le visage inerte jusqu'à qu'il tombe sur le sol humide. Les soldats voyant la scène sortirent leurs arbalètes et tirèrent sous les ordres de Percer, les flèches tombèrent en rafale dans le vent, un cri se fait ressentir au même que les pointes en acier transpercent le corps toutes part de la bête à plusieurs reprises et ses jambes. La bête ne pouvant plus courir avec autant de blessures, il ne bougeait plus et tomba sur ses genoux. Le corps ne pouvait plus bouge, il lui restait que sa queue avec son dard pour se défendre. Dès qu'un soldat s'approchait pour l'achever, il la faisait projeter sur son agresseur. Percé pris son épée dans la main droite et la sorti de son fourreau. Il posa au milieu de son torse, la pointe vers le bas pour se concentré et lui dit en arabe comme si elle était vivante :
- Alsayf allaamie yamnahuni quatak litadmir hadha alwahsh *(traduction: Épée étincelantes prête-moi ton pouvoir pour détruire ce monstre)*
Son épée se mit à murmurer à son porteur:
- 'uqadim lak quati birsih *(traduction: Je t'offre mon pouvoir Percé)*
L'épée n'était pas comme les autres, la lame étincelante dont son centre s'illuminait d'une lueur bleue turquoise.

Elle était bénite par des dieux anciens et un tranchant sans égale. Après les mots de Percé, elle se mit à changer de couleur, elle est devenu rouge sang, comme si qu'elle ressentait les émotions de rage de son porteur. Percé s'avança vers la créature immobilisé dû aux blessures subis par les flèches. Les soldats restant en double ligne autour de la bête, ils reculèrent de quelques mètres laissant le commandant Percé tué la créature. Les soldat disent entre eux.

- Voici l'épée de percé, c'est la première fois que je la vois en action.
- Tu sais, on m'a raconter que cette épée à le pouvoir des dieux et que c'est le dieu unique qui lui a offert pour protégé les rois qui ont une grande bonté.
- Comme le roi Balou et son fils Glenn ?
- Oui !
- D'accord !

Un autre soldat dit :
- Regarder le commandant comment il se sert de son épée, c'est comme si qu'il tenait une plume dans sa main et d'un geste il pourrait découper un rocher.
- Impossible !

Il donna plusieurs coups épée. Il commença à découper le bras gauche de la bête, il tomba sur le sol. Celle-ci pour se défendre utilise sa queue pour projeter son dard contre Percé. Il esquiva en faisant un saut en arrière et rebondi vers l'avant et soudain d'un geste il lui coupa sa queue. Elle remua tout seul sur le sol sans être accrochée au corps. La bête sentit la mort arrivé, il hurla un dernier cri. Quand tout d'un coup au même moment, sa tête de lion tomba en roulant sur l'herbe. Percé lui avait donné le coup de grâce et remit d'un geste son épée dans son fourreau.

Son épée s'appelait Tonnerre. La bête tuer, les soldats hurlaient de joie :
- Hourra, le commandant Percé a tué la bête.
Ils le lui répétèrent tous plusieurs fois et Percé leur dit :
- Soldats, prenez tous les morceaux de la bête pour qu'on l'amène au château.

Les morceaux du monstre que les soldats ramassèrent avaient un liquide noir qui coulait, dû à la poche de poison cachée dans le corps. Quatre soldats tombèrent malades. Percé dit aux autres soldats :

- Prenez des précautions, il y a quatre malades, Paddock !

- Mon commandant, je suis à vos ordres !

- Prenez trois soldats et allez au château, ramenez deux chariots vides pour transporter les hommes malades et demandez aux forgerons des gants de cuir. Ça empêchera peut-être le poison de pénétrer dans le corps, et prenez des tonneaux pour transporter les morceaux de cette bête. Les chimistes vont les examiner.

- Oui, mon commandant, j'y vais de ce pas !

- Cartis, mon messager, dit aux autres soldats de ne plus toucher les morceaux de ce monstre! Tant que les chariots ne sont pas arrivés et que nous n'avons pas les gants des forgerons. Ensuite, nous retournerons au château, va répéter aux autres soldats mes consignes.

- Bien, mon commandant.

Chapitre 4: L'enfant d'Enaya

Pendant ce temps, au château, Enaya finit le délicieux repas auprès du roi. Elle lui dit :
- Merci mon roi, c'était délicieux et les fruits exquis ont joué sur mes papilles. Mais,seigneur, je dois aller me reposer dans mes quartiers, car il se fait tard et je suis fatigué de cette journée.

- C'est moi,Enaya qui te remercie de tout ce que tu as fait et de m'avoir honorée de ta présence à ma table.

Enaya se leva de la chaise et prit le chemin pour aller dans sa chambre, laissant le roi seul avec ses serviteurs. Soudain un bruit de porte se fermant dans la pièce se retentit, le messager Cartis arriva près du roi et lui dit :

- Mon seigneur Percé a tué la créature et nous a demandé deux chariots pour ramener les blessés avec des tonneaux et des gants de forgerons. Car la bête avait du poison dans son corps et a contaminé quatre gardes !

- C'est une excellente nouvelle, faites le nécessaire et dites aux forgerons de donner les gants.

- Bien, mon seigneur !

Le messager sortit de la pièce et partit voir les forgerons de toute la ville pour prendre leurs gants, et ils prirent des tonneaux qu'ils mirent sur des chariots. Le deuxième chariot vide pour prendre les soldats malades et partir en direction de Percé dans la forêt. Au même moment, le roi dit à un serviteur :

- Amenez-moi mon messager Kurt.

- Bien, mon seigneur.

le serviteur sortit de la pièce quand Kurt entra dans la pièce. Il était habillé comme un citoyen du château pour se mêler à la population. Il se mit à s'agenouiller devant le roi.

- Kurt, je veux que tu fasses ébruiter à la population que Percé a tué avec notre armée la créature qui a essayé de tuer mon fils et que Glenn va beaucoup mieux grâce à la soigneuse Enaya. Faites passer le message !

- Fort bien, mon roi, tout sera fait !

- J'ai confiance en toi, Kurt, tu ne m'as jamais déçu.

- Merci mon seigneur de ce compliment.

Il se releva et sortit de la pièce et commença le travail que le roi lui avait demandé de faire. Il part sur le marché et ébruite que Percé a tué la créature et que le fils du roi était guéri grâce à la soigneuse du village, Evia. Pendant ce temps, Enaya était arrivée dans ses quartiers. Elle ouvrit sa porte de chambre et la referma derrière elle. Elle s'avança vers son lit et partit se reposer. Elle s'endort rapidement, toute épuisée. Enaya se mit à faire un cauchemar bizarre, elle se vit souffrir et à ses côtés sa mère sans ses ailes d'ange. Ses jambes étaient écartées dans sa maison et elle se mit à crier de douleur :

- Aide-moi, maman.

- Je suis là, allez, pousse !

La peur de cette douleur la réveilla et elle somnolait quand elle retomba dans son sommeil. Le cauchemar persistait, mais avec d'autres images différentes. Elle apercevait Delgo bourré en insistant qu'il se remet avec elle. D'un coup, elle se réveilla en sursaut et se demanda:

- Je ne pense pas que j'ai fait un cauchemar prémonitoire. Voir Delgo bourré, c'est possible, mais ma mère au milieu des humains, ça, c'est impossible. Pendant ce temps, les deux chariots arrivent dans les bois avec les gants qui se trouvaient dans un tonneau, les soldats se mettent en ligne pour prendre une paire chacun. Ensuite, ils ramassèrent tous les morceaux pour les mettre dans les tonneaux, sauf la tête qui a été mise dans un sac tissé pour cet évènement. Ils finirent de mettre les derniers morceaux du monstre dans les tonneaux et les soldats malades dans le chariot. Quand ils partirent sur le chemin du château. Après quelques heures, l'armée arriva devant l'entrée avec Percé et Paddock en tête du cortège. Sur leurs chevaux. La population forma un couloir pour les laisser passer jusqu'au château en criant et en les acclamant :

- Ouai, vive l'Armée royale, vive le seigneur Percé.

La population les accueillait en vainqueurs. On pouvait entendre le bruit des sabots touchant et faisant trembler le sol. Les chariots ne transportaient pas seulement les morceaux du monstre, mais aussi les malades qui étaient allongés sur le contenu du chariot. Mais aussi les cadavres des soldats morts au combat, il y avait des femmes pleurant leurs maris. Enaya entendit les cris de joie de la population depuis sa fenêtre, elle sortit rapidement de sa chambre et rejoignit le roi à la salle du trône. Elle entra dans la salle, où les chevaliers formaient un couloir jusqu'à devant le trône. Le roi attendait avec impatience devant son trône Percé avec quelques hommes qui ont mené le combat. Avec toute attente, le roi entendit la foule à travers la fenêtre acclamer, Percé et les soldats de la garde royale. Percé descend de son cheval dès son arrivée dans la cour et les autres soldats font de même. Il dit aux soldats :

- Paddock prends quelques hommes avec toi pour amener les morceaux aux chimistes en prenant des précautions et de préparer la tête du monstre sur un plateau en argent. Les autres soldats leur disent, après avoir amené les hommes blessés auprès des guérisseurs du château, qu'ils ont le champ libre après.

- Bien, mon commandant !

Paddock répéta les mots de Percé aux soldats :

- Vous avez entendu le commandant, quelques hommes avec moi et les autres, vous avez le champ libre après avoir amené nos blessés aux guérisseurs. Prenez les tonneaux avec précautions.

Percé partit voir le roi. Il arriva devant la porte de la salle du trône. Un soldat annonça au roi, l'entrée de Percé. Le roi dit à ce soldat :

- Fais les entrées !

- Bien, mon seigneur.

Percé entra dans la salle et il s'avança devant le roi et Enaya qui était à ses côtés debout près du trône. Elle regarda Percé avec un grand sourire alors que Percé avait un regard fermé. Il ne voulait pas montrer ses émotions devant la cour. Tout d'un coup, ils se mettent à genoux pour se prosterner. Quand au même moment que Percé arriva devant le roi, Paddock fait son entrée et se prosterne à son tour au coté droit de Percé. Le roi dit aux deux chevaliers :

- Relève-toi, mon ami Percé, toi aussi, Paddock. Je te remercie d'avoir tué cette créature. Peux-tu me montrer cette créature qui a failli tuer mon fils ?

- Bien sûr, mon roi, fais entrer la tête du monstre ! Dit Paddock.

Paddock était le capitaine de l'armée de Percé, il ordonna aux soldats de rentrer dans la pièce. Ils marchèrent lentement avec un plateau argent dans leurs mains muni de gants de cuir. La tête du monstre apparut dans une couche de sang de couleur noire. Le roi était impressionné de voir une telle créature, car c'était la première fois il voyait ce genre de monstre. Une tête énorme de lion avec des cornes de buffle. Dans la salle du trône, des criées retentissaient, faisant écho dans toute la pièce. *(Ho, ho, ho.)*

Enaya était très impressionnée de voir un tel monstre, qui pouvait vivre dans cette région.

Soudain, plus aucun bruit ne retentissait dans la pièce. Le roi demanda à Enaya d'aller soigner les blessés et les malades avec les autres guérisseurs. Elle sortit de la pièce en écoutant le roi et elle se dit :

- Je suis très contente que Percé soit revenu sain et sauf.

Pendant ce temps qu'elle part voir les autres guérisseurs, Percé demanda au roi :

- Mon roi, je voudrais vous demander comment va Glenn ?

- Il va bien. Je ne te remercierai jamais de l'avoir sauvé en amenant cette guérisseuse. Elle a sauvé mon fils. Comment as-tu su pour cette femme qu'elle avait un tel talent et qu'elle était aussi très belle ?

- J'avais entendu des rumeurs par des marchands qui nous fournissent de la marchandise pour Muria qui venait d'Evia. Qu'une guérisseuse venant du village de Palok s'est installée dans le village Evia dans l'ancienne maison du guérisseur qui faisait de la magie noire et qui a été tué par les soldats, avant votre règne, mon roi. Je suis d'accord avec vous, elle est très belle, seigneur. Mon roi, puis-je aller voir Glenn dans sa chambre ?

- Bien sûr mon ami, tu peux aller le voir.

Percé sortit de la salle pour aller dans la chambre de Glenn. Il arriva devant l'entrée de la chambre. Un des deux soldats ouvrit la porte, Glenn, tout content de voir Percé. Il s'approcha du bord du lit en faisant des petits sauts de joie sur ses genoux. Il voulait revoir son ami Percé qui le considérait comme son grand frère depuis qu'il était dans le coma.

- Alors, comment vas-tu, Glenn ?

Il descend de son lit, au même moment Percé lui dit :

- Tu ne devrais pas te lever, Glenn, repose-toi sur ordre de ton guérisseur, je veux dire, moi. *(Ils rigolaient ensemble).* Glenn, tu nous as fait peur. Maintenant, quand tu voudras chasser, je viendrai avec toi !

- Oh oui, je serais heureux de t'avoir avec moi ! Et père est d'accord ?

- Je pense que oui ! Peux-tu me faire montrer ta jambe et ton épaule, s'il te plaît ?

- Bien sûr !

Il enleva la bande qui était autour de la cuisse jusqu'en bas et de l'épaule. Ils regardèrent les plaies. Ils remarquent qu'elles étaient déjà cicatrisées en très peu de temps.

- Comment est-ce possible ! Dit Percé.

- Elle a dû mettre une pommade de plante venant des montagnes.

- Oui, peut-être, tu as raison, ça doit être ça. Je te laisse te reposer, je vais aller voir Enaya si elle a besoin d'aide.

- C'est qui Enaya ?
- C'est la guérisseuse qui t'a sauvé !

- Peux-tu la remercier de ma part, car mon père ne veut pas que je sorte de ma chambre, car il me force à me reposer!

- D'accord Glenn, je vais lui dire, mais ton père a raison que tu restes à te reposer.

- Oui, je le sais, mais …

- Il n'y a pas de mais… Je te laisse, Glenn repose-toi bien.

- Merci grand frère.

Percé sortit de la pièce avec un grand sourire pour aller voir Enaya. La pièce des malades était à coté de la tour Est du château. Les soldats malades sortirent guéris et les blessés cicatrisés. Ils remercièrent au fur et à mesure. Les autres guérisseurs qui étaient dans une autre pièce. Ils ne comprenaient pas comment est-ce possible il guérisse aussi vite. Les guérisseurs demandèrent aux soldats de prévenir le roi qu'ils veulent le voir. Elle était heureuse d'avoir pu aider le roi et les soldats. Elle sortit de la pièce pour se reposer dans sa chambre. Après quelques minutes, Percé entrait dans la salle où traînait des morceaux de tissus plein de sang rougeâtre sur une table. Il remarqua, qu'il n'y avait plus personne. Il demanda aux gardes qui gardaient le lieu où était la guérisseuse.

- Soldat, peux-tu me dire où est la guérisseuse ?

- Elle est partie dans sa chambre pour se reposer.

- Merci, soldat.

Percé partit en direction de la chambre d'Enaya. Quelques minutes passèrent quand elle sortit de la pièce pour aller à sa chambre. Elle arriva devant sa porte, elle ouvrit. Elle partit s'allonger sur son lit, elle sentit son visage se poser sur ses drap glacer et s'endormir. Elle se mit à rêver. Son rêve devenait de plus en plus réel. Au fond d'elle, dans son ventre, elle se voit dans une bulle dont les parois son lisse et douce. Elle se voit baigner dans un liquide chaud transparent avec des reflet jaunâtre. Soudain elle se réveilla, quand elle entendit des bruits derrière sa porte.

Elle se leva de son lit et se mit à préparer ses affaires pour repartir à Evia. Percé tapa à la porte d'Enaya. *(Toc, toc, toc.)*

- Entrée !

Percé remarqua Enaya était en train de préparer ses affaires et lui dit :

- Enaya, tu t'en vas ?

- Oui, je suis obligé de repartir !

- Ne pars pas, Glenn voudrait te remercier de l'avoir sauvé, et moi aussi je te remercie.

- J'ai fait que mon travail de guérisseuse. Et il va mieux ?

- Oui, il va beaucoup mieux, mais quelque chose m'intrigue. Comment as-tu fait pour que ça cicatrise aussi vite ?

- J'ai utilisé des plantes et en ai créé un baume personnel. Je lui ai mis sur les plaies comme pour les soldats malades et blessés.

- Où trouves-tu ces plantes, pour que je dise à nos guérisseurs le lieu et le type de plantes à prendre pour faire le même baume que ta création ?

- Je les ai trouvés au loin dans les montagnes de Paddock pendant une excursion.

- Et tu étais seule ?

- Oui, j'étais seule ! Et le lieu, je ne peux pas te le dire, je ne m'en rappelle plus ! Pourquoi toutes ses questions ?

- Non comme ça !

- D'accord ! Peux-tu me ramener à Evia s'il te plaît ?

Enaya a senti qu'elle était peut-être en danger, car il se doutait de quelque chose et aussi les autres guérisseurs.

- Oui, mais tu veux pas rester ?

- Non, je préfère partir !

Enaya prit sa sacoche et sortit avec Percé pour aller à l'étable. Percé demanda à son écuyer de préparer Raven pour leur départ. Percé se retourna et il s'approcha d'elle pour l'embrasser. Il lui dit :

- Reste avec moi !

- Non, je ne peux pas.

- Et si je demande au roi qu'il ordonne de rester. Glenn voudrait te remercier de l'avoir sauvé.

- Même si tu demandes au roi, je partirai ! J'ai le devoir d'aller sauver d'autres personnes qui ont besoin de moi. Peux-tu remercier le roi de son hospitalité et dire à Glenn que je suis désolé de ne pas être venu le voir. Je savais qu'il était guéri quand j'ai mis le baume. Si un jour, vous avez encore besoin de moi, vous pouvez venir me voir.

- Tu es sûr de vouloir partir et nous deux !

- Je le sais, mais ça ne pourra pas marcher entre nous, je préfère qu'on reste ami.

- D'accord, Enaya !

Pendant ce temps, dans la salle du trône, le roi reçoit les guérisseurs.

- Bonjour, guérisseurs, que voulez-vous me dire de si important ?

- Nous voulons vous dire, Monseigneur, que ce n'est pas normal que les soldats sortent guéris aussi vite. Nous pensons que c'est une sorcière et que c'est elle qui nous a envoyé ce monstre pour nous détruire !

- Je ne pense pas, je sais une chose. Elle a sauvé mon fils, donc je veux que vous la laissiez tranquille et que vous oubliiez ses accusations.

- Bien, mon seigneur, nous repartons à nos occupations !

Au même moment, l'écuyer amena Raven en le tirant par la longe. Ils montèrent tous les deux sur le dos de Raven et prirent la route. Ils étaient déçus de leurs relations. Ils arrivèrent à la cabane abandonnée de leurs premières nuits qu'ils ont passées ensemble. Ils dormirent séparément et reprirent le lendemain matin le chemin pour Evia. Ils arrivèrent dans le village. Ils continuèrent le chemin jusqu'à arriver devant le cabinet d'Enaya qui lui sert aussi de maison. Elle descendit du cheval et dit à Percé :

- Merci Percé de ses bons moments passés, mais il fallait que je revienne ici, je ne sais pas vraiment pourquoi.

- Non, c'est à moi de te remercier de tout ce que tu as fait pour le roi Balou, son fils et même pour moi.

- Tu n'as pas à me remercier. J'ai aimé être avec toi, j'espère qu'un jour, tu trouveras la personne idéale pour toi et si vous avez besoin de moi, viens me voir.

- Oui, je le ferai, et toi aussi, si tu as besoin de moi, je serai là pour toi.

D'un coup, Percé tira les rênes vers la droite de Raven. Il reprit son chemin en direction de Muria au gallo en laissant Enaya au pied de sa maison. Ses yeux faisaient couler des larmes de remords d'avoir quitté Percé et de le laisser s'éloigner de l'horizon. Le lendemain, Delgo a su qu'elle était rentrée du château du roi. Il arriva devant le cabinet, c'était le premier client. Il entra dans la salle et remarqua qu'Enaya avait changé et qu'elle avait pleuré.

Quelque chose lui était arrivé, mais il ne savait pas ce que c'était et lui dit :

- Bonjour Enaya, Est-ce que ça va ?

- Oui, pourquoi ?

- Je ne sais pas, mais tu as quelque chose qui a changé et tu as pleuré.

- Non, pourquoi ! Et même si j'ai pleuré, ça ne te regarde pas ! Nous ne sommes plus ensemble, si tu veux savoir, le roi m'a demandé au château.

- A bon je ne sais pas! *(Alors qu'il le savait, vu la population qui côtoyait lui avait dit)* Enaya, voudrais-tu que nous nous remettions ensemble, j'ai arrêté de boire.

- Non, je préfère rester seule, s'il te plaît !

- D'accord !

Delgo repartit à ses occupations. Elle se dit que mon rêve doit être prémonitoire, donc ça veut dire qu'il y a un démon et que ce dragon est dangereux pour nous les anges.

Pendant ce temps, au loin, en haut de la montagne de Dieu, Iria observa Enaya depuis qu'elle est partie dans le monde des humains. Elle regarda sa fille et se dit :

- Elle a son ventre gonfle au fur et à mesure des mois qui s'écoulent.

Elle partit voir Dieu et lui demanda pourquoi elle avait un ventre qui gonflait un peu chaque mois. Il lui répond :

- Un ange arrivera bientôt, et ça sera toi, Iria qui sera là pour l'aider à le mettre au monde. Pour nous, les anges, les accouchements se font en deux mois, et pour les humains, en neuf mois. Ils peuvent avoir des difficultés à nous accoucher par rapport à nous.

- Mais père, je dois partir voir Enaya maintenant, je ne peux pas la laisser toute seule pour affronter cet événement, elle doit être effrayée.

- Tu as le temps, il te reste cinq mois. Tu pourrais aller près d'Enaya dans quatre mois, car c'est ta destinée, Iria et celle de ta fille. Non, elle n'est pas effrayée par cet évènement, car elle le ressent quand elle dort, car je lui ai offert le don de faire des rêves prémonitoires.

- D'accord père, je vais surveiller tout le temps de sa grossesse pour la protéger, et nous savons qui est le père ?

- Oui, sait un chevalier qui honore un bon roi, il se prénomme Percé. Il a aussi une épée que je lui ai mise sur son chemin, l'épée des dieux.

- D'accord mon père, et pourquoi vous avez fait ça, c'est qu'un humain.
- Oui, je le sais, mais son cœur est pur comme pour celui du roi Arthur avec Excalibur. C'est son destin. Je l'ai vu dans sa destinée; sans cette épée, il ne serait pas le protecteur de Muria. Quand le roi Balou mourra, il laissera le trône à son fils qui n'a pas d'expérience de roi. Un jour un monstre tuera son fils et détruira la ville de Muria venant du sud. C'est pour cela que, pour protéger cette ville, il fallait un chevalier fort et loyal au roi comme à ses

descendants et il fallait changer le destin des rois de Muria.

Enaya fera appel à lui et montera sa fille. Elle aura besoin d'être protégée.

- Mais les humains ne doivent pas connaître l'existence des anges, père.

- Je le sais, c'est pour cela que j'ai donné cette épée dans l'apparence d'un vieil homme qui lègue son arme à un grand chevalier courageux. Ta petite fille, pour la protéger des yeux des humains et celle des démons, nous lui donnerons un talisman des anciens anges qui bloque les pouvoirs angéliques, comme les ailes de sa fille. Tu n'as rien à craindre, ton destin est tracé, mon enfant, et celui de chaque humain.

Pendant ce temps, dans le village d'Evia, Enaya décide de faire une balade dans la forêt pour se changer les idées. Elle ouvrit ses ailes en leur chantant la douce mélodie. Elle regarda tout autour d'elle. Elle ne remarqua personne quand elle prit son envol en rasant les arbres. Certaines personnes travaillant entendirent un sifflement au-dessus des cimes sans rien voir, car Enaya volait très vite. Les oiseaux la suivirent derrière elle sans la rattraper. Quand elle arriva au-dessus du lac, elle descendit pour se mettre sur la rive et rechanta la mélodie pour recacher l'apparence de ses ailes. Elle marcha le long du lac, des fleurs d'une beauté de plusieurs jaunes, rouge et bleu poussèrent autour. Quand elle remarqua une rivière très élargie dont le sens du courant allait en descendant une plaine, plus elle suivit la rivière, plus elle grandissait et prenait du courant. Quand elle s'arrêta devant un mur de végétation très dense. Elle repartit de l'autre sens et se dit :

- J'étais venu me changer les idées et peut-être voir cet homme gentil et mignon dont notre rencontre était très spéciale. Où j'ai ressenti ce sentiment de le connaître depuis longtemps, alors que je ne l'ai vu que quelques heures. Il connaît aussi mon secret. Est-ce que j'ai eu raison de lui faire confiance ?

Tout d'un coup, elle entendit derrière elle un bruit intense de craquement, des arbres qui se faisaient abattre rapidement avec un autre son, un grognement qui retentissait dans l'environnement de la forêt, faisant fuir des oiseaux qui volèrent aux sens inversés du son. Plus elle avança à contresens du bruit, plus les arbres s'abattaient et le grognement s'intensifiait jusqu'à la paralyser. Les derniers arbres étaient abattus, laissant un chemin à travers cette forêt. Enaya entendait des grognements juste derrière elle et un souffle sortant des narines de la bête. Soudain, elle se retourna délicatement pour voir le monstre. C'était la créature de son rêve, elle faisait beaucoup plus peur en vrai que dans son rêve. Elle était immense. Dès qu'elle le voit, elle essaya de faire quelques pas discrets en arrière pour se retourner et s'enfuir. Quand, sans crier gare, la créature lui dit par télépathie :

- Bonjour, petit ange. N'aie pas peur de moi dû à mon apparence. Je ne te ferai jamais de mal, petit ange.

Enaya est intriguée qu'il connaisse son secret et se rappelle de son rêve. Il se réalise et lui répond à son tour :

- Comment connais-tu mon secret ? Et qui tu es ?

- Nous nous sommes déjà rencontrés proche de cette forêt. Je suis Emrik !

Elle se rapprocha et tendit sa main pour toucher le monstre.

- Puis-je te toucher ?

- Oui, bien sûr, petit ange !

La créature baissa son cou pour descendre son visage jusqu'aux mains d'Enaya. Au même moment, elle approcha délicatement sa main droite pour toucher le museau. Le museau était de très grande taille, elle sentait les écailles dures comme de la pierre et douces comme un pétale de fleur. Emrik se laissa caresser délicatement les traits de son visage. En le touchant, elle sentit la même émotion que dans son rêve. La créature ressentait la douceur, la chaleur et l'amour profond qu'Enaya dégageait de sa main. Elle ressentait elle aussi une grande confiance et une très grande sécurité en sa présence. Elle ferma ses yeux sans crainte et entendit son cœur battre rapidement. Elle pouvait sentir le souffle de la respiration d'Emrik. Tout d'un coup, il ouvrit ses grandes ailes. Surprise, elle ouvrit ses yeux au même moment. Il lui dit :

- Petit ange, je suis désolé de fuir en ta présence, mais il faut que je parte, car il y a des humains qui approchent et je ne veux pas les blesser. Cache-toi !

- Qu'est-ce qui t'est arrivé ? Est-ce que je te reverrai ?

- Oui, Enaya, dès que tu auras besoin de moi, je serai là et je te raconterai à notre prochaine rencontre.

- Mais comment seras-tu si j'ai besoin de toi ?

- Crie mon nom et j'arriverai à ta rencontre !

Il ouvrit ses ailes en courant dans l'autre direction, où des cris de guerriers retentissaient comme des échos dans le vent.

Il partit au loin dans le ciel, jusqu'à ce qu'elle ne le voie plus. Elle se cacha dans les bois avant que des hommes sortent du chemin réalisé par Emrik. Elle regarda entre des buissons sans se faire voir. Ils étaient vêtus d'une tunique en laine, de gros bracelets en métal jaune, d'un bandeau sur le front avec des plumes de différents oiseaux et de lances avec des boucliers du même métal que les bracelets, avec des symboles en rouge. Ils crièrent de joie et l'un d'entre eux dit dans une langue Maya yucatèque :

- Hura k k'uj ts'o'ok u bin, kouhaki tu k'áataj to'on ka ch'a'apachtik yáanal le cascada tumen wa ma'e' je'el u jaantik to'on. *(traduction en français : Hourra, notre dieu est enfin parti, Kouhaki nous a demandé de le chasser de sous la cascade, car sinon il allait nous dévorer.)*

Enaya se dit, car elle comprenait leur langage :

- Ils pensent qu'Emrick était leur dieu et ils croient que c'est eux qui l'ont fait fuir. C'est très gentil qu'ils pensent ça. Comme ça ils ressentiront plus la peur dans leur village. Un des guerriers entendit un bruit entre les arbres, il fait quelques pas dans la direction Enaya là sans voir. Quand soudain un autre guerrier sortit du chemin, il passa entre les autres soldats et dit :

- Karik, Kouhaki, tu k'áataj to'on ka k k'a'alal le joolnajo' ka' tselik k k'uj Drogaga. *(traduction en français: Karik, Kouhaki nous a demandé de reboucher l'entrée après avoir fait partir notre dieu Drogaga.)*

- Jach ma'alob, Motokou. Ko'oten, ko'oten tin wéetel, yaan k k'alik le joolnaja' uti'al ma' u yokol táanxel lu'umilo'ob te' k kaajalo'. *(traduction en français: Fort bien, Motokou. Allez, venez avec moi, nous allons reboucher cette entrée pour empêcher les étrangers de venir dans notre village.)*

Ils vont chercher des pierres et des branches d'arbres pour monter un mur et ils construisent une échelle. Ils jetèrent des feuillages et ils cachèrent l'entrée. Ensuite, ils repartirent d'où ils venaient, au village. Enaya admirait leurs organisations à construire aussi vite un mur. Dès qu'elle avait remarqué qu'ils avaient fini, elle ressortit de sa cachette et reprit son chemin vers le lac. Elle ouvrit ses ailes et reprit la route de sa maison. Tout le long du retour, elle repensa à Emrik et se dit :

- Pourquoi Emrik, il est devenu un dragon ? Qu'est-ce qui s'est passé ? Est-ce qu'on lui a donné un sort de magie noire ? C'est plein de questions sans réponses, et quand je le verrai ? Il m'a dit que si j'ai besoin de lui, il arriverait pour m'aider, mais alors mes rêves sont réels ou pas ! Alors aussi ce démon, il faut que je protège ma fille après mon accouchement.

Quelques jours passèrent, quand Enaya décida de diminuer ses heures de travail pour que son futur bébé arrive à terme. Elle voyait toujours Delgo mais avec une certaine distance, sans rapport émotionnel, juste en tant qu'ami. Cinq mois passèrent et toujours autant de victimes, et la prévision de Dieu arriva. Au début de la nuit, Iria se mit au bord du vide. Elle ouvrit ses ailes blanches et sauta. C'était le grand jour où elle devait retrouver sa fille; elle traversa la barrière comme Enaya. Elle plongea telle une comète dans le ciel étoilé. Elle survola le village de Palok sous la lumière de la lune, telle qu'une hirondelle. Elle traversa la forêt en direction d'Evia pour aller chez sa fille. Elle prend de la hauteur pour plus de facilité à distinguer la maison d'Enaya Soudain, elle distingue la maison de sa fille. Elle regarda autour si personne était aux alentours et elle se dit :

- Il n'y a personne, je peux descendre, enfin arrivé. Mes ailes ont besoin de plus d'exercices, je dois me faire vieille.

Elle s'est mise devant la porte de la maison de sa fille. Pendant ce temps, une créature avait senti sa présence depuis qu'elle avait traversé la barrière et se dit :

- Combien d'anges vont descendre de la montagne ? Il faut que je trouve un moyen pour manger l'âme d'Enaya et prendre l'enfant pour en faire un ange du mal. Il émanait un cri de joie :

- Ha, ha, ha !

Il partit se cacher près de la maison d'Enaya et observa l'arrivée d'Iria. Elle écouta et regarda sa fille étendue sur son lit en se débattant. Enaya était en train de refaire un cauchemar. Iria écouta sa fille dire:

- Non, non, laissez-nous tranquille, ne touchez pas mon enfant.

Dans son cauchemar, le démon qui hante sa pensée était là, il cherchait à prendre son enfant, mi-ange, mi-humain, pour en faire un ange démonique et faire en sorte de manger le maximum d'âmes d'anges. Telle est son but. Iria tapa à la porte. (*Toc, toc, toc*).

Enaya se réveilla en sursaut, elle entendit la voix de sa mère dire :

- Enaya, réveille-toi, je suis là.

Elle se leva et partit ouvrir la porte à sa mère. Au même moment, Iria cacha ses ailes. Le démon observa, en restant caché derrière les arbres. Il écouta la conversation et se dit :

- C'est sa mère qui est arrivée, elle aussi je dois manger son âme, mais si je mange leur âme, ils vont tous descendre et m'attaquer, j'aurai aucune chance. Il faut que je reste patient, il faut que je suive mon plan avec cette enfant et en fasse un ange démoniaque.

D'un coup, il repartit à travers la forêt et sentit la présence des gardes royaux faisant une ronde pour trouver le démon. Les soldats bougèrent les buissons avec leurs lances à la pointe acérée.

- Allez les gars, il faut qu'on trouve ce monstre !

- Tu as raison, Ken !

Ils entendirent un bruit près d'eux. Plus ils avancèrent, plus le démon se pressa à se retransformer en humain. Il se cacha et sortit un morceau de chair séchée de la victime qu'il avait tuée précédemment. Il en avait gardé de nombreuses années, qu'il gardait dans un petit sac à sa ceinture. Le sac était magique, car il pouvait conserver toute matière sans que celle-ci se dégrade avec le temps. Il mangea un morceau de chair. Soudain, de la peau recouvre tout son corps d'une fine couche de peau humaine. Ce démon avait là la faculté de recouvrir son corps d'une couche de peau, dès qu'il mangeait de la chair de sa victime et prenait son apparence pour se fondre dans la masse. Son compagnon, lui aussi, avec la même faculté, mais avec des pouvoirs différents. Les soldats royaux passèrent devant eux et l'un d'entre eux dit :

- Bonsoir monsieur, il ne faut pas rester ici, car il y a une créature qui rôde dans les bois.

- Nous le savons, mais je revenais de chez des amis, mais là, je retourne chez moi.

- Vous dites nous ? Mais qui est l'autre personne ?

- Mais Ken, regarde, c'est l'animal qui te parle et non une autre personne.

- Ah d'accord ! Je suis désolé.

- Oui, mes seigneurs, je parle de mon animal. Si vous voulez, vous pouvez m'escorter jusqu'à chez moi.

- Bien sûr, mon monsieur, pour votre sécurité, nous allons vous accompagner.

Ils partirent tous pour la maison du démon, sans se douter qu'ils étaient juste sous leurs yeux, dus à leurs apparences, d'un citoyen modèle et de son animal. Les soldats repartirent aux recherches du démon et prirent d'autres chemins dans la ville. Pendant ce temps, chez Enaya, la discussion entre mère et fille était légèrement intense.

- Que fais-tu là, maman ?

- Tu n'es pas contente de me voir, notre père m'a demandé de venir m'occuper de ton accouchement.

- Tu vas rester ici jusqu'à la fin de ma grossesse et même à l'accouchement.

- Oui !

- D'accord ! Tant que tu ne me demandes pas de revenir.

- Non, peut-être plus tard. Enaya, peux-tu me dire qu'est-ce que tu avais quand tu dormais ? Je t'ai vu t'agiter.

- Depuis que je suis descendu, je n'arrête pas de faire des cauchemars.

- Quels sont ses cauchemars ? Peux-tu me les décrire.

- Je me vois, le jour, comme de nuit, devant un démon dévoreur d'âme tenant une lance. Son bout de bâton, une faux tranchante et une pointe ardente. Son arme sortait de la lave des enfers. Son cheval est sombre avec des flammes orangées telles que le néant, ayant tous les deux des yeux sortant des flammes rouges. Il y a aussi un dragon bleu ou vert turquoise.

- Un dragon, il n'existe plus !

- Bien sûr que si ,il existe et c'est mon ami.

- Tu as perdu la tête, tu es ami avec un dragon, il va tous nous tuer, et les humains avec ! Ne lui fait pas confiance ?

- Pourquoi ? Je te le dis, qui est gentil et affectueux !

- Parlons d'autre chose, continue !

Il y a s'en conté l'accouchement. Je me suis posé des questions, si mes cauchemars étaient pas réels.

- Tes cauchemars sont juste des mauvais rêves, mais si tu te rappelles les histoires où les humains tuèrent les dragons et les démons ! Tu devrais revenir avec nous, ici, c'est trop dangereux.

- Non, je reste ici ! Et je ne changerai pas d'avis. Et s'il est bon, il pourrait nous sauver contre toutes les créatures qui nous attaqueraient.

- Ne crois pas ça, les dragons sont nos ennemis comme les démons, et laisse les humains faire leur travail, car ils sont à tuer les animaux et les monstres sur l'île. Les légendes qui sont dans les écrits de nos anciens précisent que les dragons sont dangereux pour nous tous.

- On verra bien. Sinon, sais-tu où tu vas dormir, maman, et est-ce que Sirius pense à moi ?

- Ton frère, oui, il pense à toi, mais avec ses obligations parentales et être gardien des portes célestes. C'est compliqué, mais pour demain, je vais regarder si je peux dormir à l'auberge ou me trouver une maison comme toi.

- Oui, je pense qu'il y en a une pas très loin à vol d'ange sur le village de Drak. Un de mes patients m'en a parlé. Mais ce soir, maman, tu dors à la maison, tu dormiras avec moi, car je n'ai qu'un lit. Mais ici, il va te falloir de l'argent, la monnaie compte ici. Ce n'est pas comme sur la montagne où la vie est plus facile.

- Oui, tu as raison !

- Je vais te donner assez d'argent pour t'acheter une maison et de quoi manger.

Elle lui donne un sac de cent pièces d'argent à sa mère, qu'elle avait accumulé avec son travail de guérisseuse.

- Merci ma fille.

- C'est normale, maman.

Elles partirent dormir tous les deux sur le lit et se mirent la couverture sur elles. Le lendemain, Iria partit en ville pour chercher une maison libre pour se loger en attendant Enaya accouche.

Elle ouvrit ses ailes et partit en faisant attention que personne ne la vit, en direction de Drak. Un village où la forêt régnait en tant que maître, ainsi que la sorcellerie. Il faut traverser de nombreuses montagnes et des plaines pour atteindre. Iria mit une heure de vol pour arriver à la forêt. Elle descendit près des feuillages des arbres et elle les utilisa comme un camouflage naturel. Elle trouva un sentier désert et descendit lentement. Elle toucha le sol, puis ensuite elle entoura son corps de ses ailes et chanta une mélodie. Tout d'un coup, ses ailes se mirent à cacher leur apparence, laissant sa robe blanche comme à Enaya. Elle prend de la terre au pied des arbres et s'en met sur sa robe pour la salir volontairement. Elle marcha tranquillement une demi-heure en écoutant la nature. Quand soudain elle distingue des bûcherons en train de travailler. Ils étaient vêtus de vêtements salis par la sève des arbres, déchirés à cause des branches et leur laissant des égratignures apparentes sur leur peau et leur corps. Elle entendit les résonances, des haches rebondirent sur les troncs des sapins. Elle s'approcha des deux hommes et demanda à l'un des deux :

- Bonjour messieurs,pouvez-vous m'aider ?

- Bien sûr, madame, que voulez-vous !

- Je recherche une maison à acheter.

- Si vous voulez, vous pouvez venir chez moi, pas besoin d'acheter ? dit l'un des deux hommes en rigolant.

L'autre bûcheron dit à son collègue:

- Laisse la dame tranquille ! Vous voulez acheter un bien, allez voir Vic. C'est le chef du village et vous le trouverez dans la plus grande maison. Vous pouvez pas la manquer, c'est aussi la plus belle propriété du village.

- D'accord, et c'est par où le village ?

- Suivez ce sentier jusqu'au bout, vous arriverez au village, tournez à gauche, marchez quelques pas et vous la verrez.

- Merci de ces renseignements.

- Oh, revoir madame ! dit le plaisantin à Iria.

Iria reprit son chemin en écoutant l'un des deux bûcherons. Elle marcha sur le sentier en direction du village. Elle arriva au village et tourna à gauche en suivant à la lettre les instructions du bûcheron pour arriver au chef du village. Plus elle avança, plus elle aperçut la maison en question à son horizon. Elle arriva devant la porte de la grande maison de Vic. Sa maison était très grande et les murs étaient en pierre. Sur son terrain, tout autour s'étendaient des champs fleuris et des magnifiques fleurs de couleurs variées. Au même moment, Vic sortit de sa maison pour aller voir des amis dans le village de Kindra.

Iria l'interpelle au même moment :

- Bonjour, mon seigneur, pouvez-vous m'aider ?

- Oui, bonjour, que voulez-vous ?

- Je cherche le chef du village !

- Eh bien, c'est moi, le chef de ce village. Vous avez un souci avec quelqu'un du village ?

- Non, juste que je cherche un lieu pour m'abriter pendant quelque temps.

- En ce moment, vous avez de la chance, car j'ai des maisons libres au village, les propriétaires disparaissent sans crier égard.

- Ah bon, donc j'ai de la chance.

- Oui, vous voulez visiter ?

- Bien sûr !

- Et vous cherchez quel type de maison ?

- Une assez petite et assez éloignée du village !

- Celle de chez Cormoran, elle est très bien. Ils ont disparu depuis deux ans sans donner de nouvelles.

- Et vous pensez qu'ils vont revenir ?

- Impossible, car ils n'étaient pas tout jeunes et ils ne quittaient jamais leurs maisons.

Ils marchèrent sur le chemin pendant une vingtaine de minutes en direction du nord sur le chemin de Kindra. Il n'y avait pas un chat à l'horizon, à part entendre le chant de la nature. Iria se posa la question :

- Pourquoi, il n'y a personne. J'espère que c'est normal, ce calme. Mais j'y pense, c'est très bien pour moi, je pourrais faire des aller-retours sans problème en volant.

Ils arrivèrent devant la maison. Elle était isolée des autres. Il n'y avait aucune autre habitation aux alentours, juste des arbres. Elle était en pierre de toutes les formes, avec un toit en chaume et avec une cheminée. Quand ils rentrent, ils distinguent énormément de poussières dans chaque pièce. Ils regardèrent un peu partout. Ils remarquent un lit de deux personnes dont les draps étaient poussiéreux, une grande table avec quatre chaises qui étaient au milieu

de la pièce, des toiles araignée volaient dans tous les sens, dues au vent venant des deux fenêtres ouvertes. Iria se posa la question :
- Pourquoi laisser une maison comme celle-ci pour partir sans rien dire et sans prendre la moindre affaire. Ça leur semblait bizarre. Iria dit à Vic :

- Pourquoi ils sont partis sans rien dire et n'ont pas pris la moindre affaire ? C'est vraiment bizarre ?

- Oui, c'est bizarre ! Mais bon, la maison est libre, et est-ce qu'elle vous convient ?

- Oui, elle me convient !

- D'accord, ça vous fera cinquante pièces d'argent !

- Tenez, et il ne me reste qu'à faire un grand nettoyage.

- Merci, et oui, il ne vous reste plus qu'à faire ça !

Vic sortit de la propriété d'Iria pour aller voir ses amis dans la ville à côté. Iria a mis deux heures à tout nettoyer et elle est partie secouer ses draps à l'extérieur de la pièce.

Pendant ce temps, Enaya travaille chez elle. Elle regarda dehors et elle remarqua que Delgo avec son chariot s'approcha de chez elle. Soudain, il s'arrêta et elle entendit dire :

- Oh Tempête, il faut que j'aille voir Enaya.

Enaya était surpris de le voir en chariot. Elle sort de sa maison pour attendre Delgo à sa porte et se dit :

- Pourquoi ? Il vient en chariot, peut-être qu'il a livré un de ses clients, car la plupart du temps, il venait à pied pour me voir.

Il descendit du chariot et s'avança vers elle :

- Bonjour Enaya comment vas-tu ce matin ?

- Je vais très bien, et toi ?

- Moi aussi, je vais bien ! Je venais te voir, car j'ai entendu dire qu'une femme est venue te voir et je sais que c'est une personne de ta famille.

- Comment tu peux le savoir ? Qui te l'a dit, ça ne te regarde pas !

- C'est un petit village, tout se sait. C'est bien d'avoir de la visite de sa famille. Elle doit venir pour ton accouchement. Il lui dit en souriant.

- Oui, elle va rester pour l'accouchement et je pense qu'elle repartira après.

- C'est très bien. Tu sais que tu me manques ? Depuis que tu m'as dit que tu ne voulais plus qu'on reste ensemble ?

- Oui, je le sais. Le stress commença à envahir Enaya. Je pense que ma mère va revenir, donc je dois te laisser, je dois préparer le souper.

- Bien, je te laisse. Passe une bonne journée, Enaya.

Il repartit vers son chariot et dit à Tempête :

- Allez,Tempête, on y va.

Il s'avança lentement en direction de Muria pour aller chercher de la marchandise. Iria arriva devant Enaya après quelques minutes du passage de Delgo. Enaya sentait le stress monter. Iria voyant sa fille dans cet état lui dit :

- Enaya ça va ?

- Oui, ça va. Heureusement que tu es arrivée, car Delgo est venu.

- AH oui, et pourquoi, tu t'es vu? Tu es en stress ? Pourquoi as-tu peur de lui ?

- Tu n'as plus rien à craindre, si tu as besoin pour te sentir protégé, reviens avec moi pour rejoindre ton frère Sirius.

- Je sais très bien, maman. Tu veux que je revienne voir notre père à tous, mais je ne reviendrai pas avec toi, du moins pas maintenant ! Il y a quelque chose qui me dit que je dois rester. Tu veux savoir ce qu'il m'a dit, Delgo ?

- Oui, dis-moi !

- Il est venu me dire:

- Quelle femme est apparue devant ta porte ? En plus, il savait que c'était une personne de ma famille. Alors, je l'ai dit à personne, même pas à mes clients. En plus, il me dit que vu que c'est un petit village, tout se sait, ensuite il est parti.

- Tu devrais te méfier de lui, Enaya !

- Oui, je le pense !

Enaya commença à sentir les contractions très fortes, et tout d'un coup un liquide visqueux coula le long de ses jambes.

- Enaya regarde, tu es en train de perdre les eaux.

- Oui, je viens tout juste de le sentir.

- Allonge-toi vite.

Elle s'allonge sur le lit avec les jambes écartées en criant de douleur.

Iria prit le nécessaire dans la pièce, elle prit une paire de ciseaux et des linges propres. Elle désinfecta les ciseaux avec un liquide alcoolisé et de l'eau fraîche.

5: Il ne faut pas, se fier au apparence

Enaya souffrait partout dans son corps, mais certaines zones plus que d'autres dues aux contractions. Tout autour de son visage, des gouttelettes se formaient et coulèrent sur son front. Ses joues étaient trempées de sueur jusqu'au menton. Iria demanda à sa fille de pousser dès qu'elle sentait une contraction. Son front était devenu chaud, elle commençait à avoir un peu de fièvre. Iria prend un chiffon propre dans sa main et le trempe dans l'eau froide pour faire diminuer la température.

- Allez,Enaya dès que tu sens une contraction, tu pousses,tu pousses ! Tu peux y arriver, vas , pousse ! Encore !

- Je ne fais que ça, de pousser !

Après quelques minutes, Iria commença à voir du haut une bosse arrondie sortir du corps d'Enaya. Elle apercevait des petits cheveux noirs bouclés.

Enaya souffrait de douleur intense, mais elle se dit :

- Il faut que mon bébé sorte !

- Respire et pousse ! Je commence à voir la tête, allez, courage ma fille !

- Haha ha aïe aïe ! Et maman, tu m'as demandé qui était le père ? Je pense que tu le sais déjà ? C'est Dieu qui te l'a dit !

- Allez, respire, et dès que tu sens une contraction, tu pousses ! Oui, tu as raison, c'est Dieu qui me l'a dit. Allez, pousse !

- Haha hi,hi,hi,hi,hi !

- Je vois les épaules, encore un petit effort.

Après quelques heures de souffrance, la délivrance de sa fille arriva. Iria voit le bébé sortir et lui dit :

- C'est fait Enaya, tu as réussi à sortir un beau bébé et c'est une fille.

- Ah,ah,ah,eh,eh,ah,ah… *(Le bébé se met à pleurer.)*

Enaya était épuisée et toute en sueur. Elle avait son visage heureux de se soulagement d'entendre son bébé pleurer. Un liquide amniotique était encore posé sur la peau du nourrisson. Iria coupa rapidement le cordon ombilical qui était autour de son petit cou. Elle regarda la lumière du jour pour la première fois. Au même moment, Enaya enleva une partie de sa couverture pour laisser ses seins apparaître afin de donner à manger à son bébé. Iria lui déposa sa petite fille dans ses bras grands ouverts de mère. Son bébé a pris tout de suite le sein et elle tétait. Enaya apercevait les petites ailes dans le dos de sa fille et sa peau est de couleur marron avec des yeux noirs. Elle était toute petite. Iria dit à sa fille :

- Je vais rester cette nuit près de vous deux pour vous protéger .

- D'accord maman !

Le lendemain, Iria lui prépare un repas. Entre-temps, Enaya donna à manger à sa fille. Iria lui posa une question :

- As-tu pensé à un prénom pour ta fille ?

- Oui, elle se prénomme Bella.

- C'est un très joli prénom. Je vais rester quelques jours encore auprès de toi. Ensuite, je partirai voir Dieu pour lui annoncer la bonne nouvelle et à ton frère.

- Oui maman, tu as raison, mais Dieu est déjà au courant de l'arrivée de Bella.

Au loin dans la forêt, le démon était sur son cheval en train de chasser un enfant qui s'était perdu dans la forêt. Sa monture rattrapa sa proie. Il lui donna un coup de museau sur le dos du petit garçon qui le fera tomber sur le sol. L'enfant voulait se relever en pleurant et de peur pour sa vie. Quand un bruit retentissait dans l'air, c'était l'écrasement des sabots sur les os du dos de l'enfant qui se craquait. Le petit garçon ne pouvant plus bouger à cause du poids du cheval. Quand soudain, il s'arrêta d'un coup en laissant sa victime souffrir du sang qui coulait sous les sabots. La victime, qui était en train d'agoniser, mourra au bout de quelques minutes en se noyant dans son sang. La monture du démon remarqua un voile de lumière blanche sortir du corps et aspira l'âme de sa victime en ouvrant la bouche. Au même moment, le démon avait ressenti la présence du nouveau-né et se dit :

- L'enfant est arrivé. Pour l'instant, elle a besoin de sa mère. Mais dès qu'elle aura trois ans, je la retirerai de sa mère pour en faire un ange maléfique, ha, ha, ha !

Ensuite, il reprend sa chasse avec une grande joie. Trois jours passèrent, Iria demanda à Enaya si elle avait encore besoin d'elle. Elle lui répondit :

- Non, maman, ça va aller, tu peux prévenir Dieu et les anges que ma fille est née et qu'elle se prénomme Bella.

- Oui, je vais le prévenir et fêter Enaya. Si tu as besoin de changer d'air, je te laisse mes clés de chez moi, tu la verras, c'est la seule maison près d'un bois au nord de Drak.

- Merci maman, mais ça va aller.

Enaya prit les clés et les déposa sur la table après avoir donné à manger à Bella. Iria sortit de la maison, ouvrit ses ailes et partit voir son fils Sirius pour lui annoncer la nouvelle et à Dieu le Père des anges qui savait déjà la nouvelle depuis la montagne.

Quelques jours passèrent. Quand Delgo arriva à pied chez Enaya, il tapa à la porte.

- Bonjour Enaya, Es-tu là ?

Elle entrouvre la porte, elle distingue Delgo tenant un bouquet de fleurs des champs dans sa main droite.

- Bonjour Delgo que fais-tu ici ?

- Je viens te voir pour t'offrir ce bouquet de fleurs et te féliciter pour la naissance de ta fille.

- Comment tu peux le savoir, sachant que je n'ai vu aucune personne?

- Eh, cette femme qui fait partie de ta famille, je pense que c'est ta mère qui l'a dit au villageois au moment qu'elle est venue te chercher à manger.

- D'accord, elle a dû annoncer la nouvelle à tout le monde au village !

- Oui, c'est ça. Est-ce que je peux voir ce nouveau-né, car ça fait longtemps que nous n'en voyons plus dans le village depuis ce démon ?

- Non, pas pour l'instant, peut-être plus tard !

- D'accord, je te laisse les fleurs.

- Je te remercie d'être passé. Je dois te laisser, je dois donner à manger à ma fille.

- D'accord, je te laisse. Les fleurs, c'est normal entre amis. Passe une bonne journée.

- Merci à toi aussi, et merci d'être aussi gentil avec moi.

Enaya referma la porte avec le bouquet à la main droite et elle le posa sur sa table à manger. Elle regarda Delgo s'éloigner d'où il venait. Elle repartit s'occuper de Bella. Elle lui prenait un bain en lui chantant une chanson angélique. Pendant ce temps, Iria arriva sur la montagne. Elle part annoncer la bonne nouvelle à son fils et à sa belle-fille Tessa. À son arrivé, Tessa était en train de donner le sein à sa fille, assise sur un banc en marbre de couleur blanche dont des nuages coulaient en rivière en prenant forme à la structure.

- Bonjour Tessa, Désolé de te déranger, mais je voulais t'annoncer l'arrivée de ma petite fille !

- Bonjour Iria, Je suis très heureux pour toi et Enaya. Comment va-t-elle ? Est-ce que l'accouchement s'est bien passé au milieu des humains ?

- Oui , ça s'est très bien passé, et Enaya a eu beaucoup de courage, mais je ressens une force maléfique autour d'eux ! Il faut que je voie Dieu pour lui exposer mes craintes ! Et Sirius n'est pas là ?

- Non, il est parti voir les anciens anges en passant par la porte de Dieu avec son accord pour savoir si ils vont bien.

- D'accord ! S'il revient te voir,Tessa, dis-lui la bonne nouvelle :

– Il a maintenant une nièce en plus de sa fille !

- Je lui dirai !

Iria s'éloigne de Tessa et part voir Dieu. Iria ouvrit ses ailes et en quelques secondes, elle arriva devant le trône où Dieu l'attendait. Il avait changé de forme; Iria avait devant elle sur le trône un enfant. Elle s'agenouilla devant lui et lui dit :

- Père, Enaya a bien accouché d'une petite fille ange et elle se prénomme Bella.

- Oui, je l'ai vu, elle a été énormément courageuse et toi Iria tu l'as bien aidé. Je savais que je pouvais avoir confiance en toi, et là tu viens chercher le talisman des anges anciens.

- Oui, il faut pour sa sécurité !

- Fort bien.

Soudain, sans crise égard, Dieu demanda par télépathie à Sirius de lui amener le talisman des anges.

- Fort bien, père. Je vous amène le talisman, dès que je suis sorti des visites de nos anciens.

Sirius sort de la dernière porte et ouvre l'entrée de la salle des trésors secrets des anges. Il franchit le passage. Il marcha sur un sol en granite. Tout autour de lui, des piliers immenses formaient des couloirs un peu partout, car il était rentré dans le labyrinthe des dieux. Il marcha suivant la carte que Dieu lui avait implantée dans sa mémoire. Quand il a pris son rôle de gardien, Dieu lui donna une grande responsabilité. Il marcha suivant son chemin tracé pour arriver devant une table en granite blanche où deux petites statues représentant des anges étaient posées. Tout autour de la table étaient des inscriptions en écriture indéchiffrable. Sirius parla aux statues comme si elles étaient vivantes et il leur murmura des mots en arabe :

- 'iikhwanuna aladhin yahrusun 'abwabaha hal tastatieun 'an taftahuha lilah ? *(Traduction en français: Nos frères qui gardent ses portes, pouvez-vous l'ouvrir pour dieu ?).*

Soudain, à coté des deux statues à son coté droit, une porte de lumière bleutée apparaît. En prenant le passage de lumière qui s'était formé, il remarqua un long couloir de vingt mètres sans aucune paroi autour de lui. Il s'avança lentement, il regarda tout autour de lui un paysage bleu qui se dessinait de plus en plus qu'il s'avançait dans ce monde. Sirius ne pouvait pas voir le bout de l'horizon. Le sol était de nuages blancs qui apparaissaient de gauche à droite à chaque pas qu'il faisait et formaient un chemin devant lui sortant de nulle part. Il arriva de l'autre côté du monde parallèle. Après quelques minutes de marche, une grande pièce apparut devant lui, toutes les parois de haut en bas et sur les côtés remplies de fresques d'anges menant des combats entre les anges, les démons et autres créatures de la nuit. Devant lui, une statue immense d'un ange doré avec une grande épée tenant dans sa main droite. La statue demanda à Sirius :

- Toi, Sirius, ange des gardiens des secrets, que viens-tu me demander ?
- Dieu, notre père de tous les anges, voudrait que vous demandiez le talisman des anges anciens pour Bella, la nouvelle née d'Enaya et fille d'Iria.

- Fort bien, je te donne l'un des trésors anciens! Sirius m'a mis moi tes mains l'une au-dessus de l'autre formant le symbole de protection pour recevoir le présent.

Sirius mit ses mains l'une sur l'autre en laissant un espace entre elles devant son thorax.

Tout d'un coup, une lumière étincelante apparaît. Une étoile se mit à briller et se forma au centre des deux paumes de mains. Derrière cette lumière, un objet apparaît au fur et à mesure que la lumière se dissipa. L'objet tomba dans la paume de la main gauche, n'étant plus en lévitation. Sirius ouvrit et retira sa main droite pour admirer le talisman. C'était la première fois qu'il voyait un tel pendentif. C'était une chaîne rose avec un médaillon du même métal que la chaîne qui entourait une pierre bleu turquoise avec un grand pouvoir inconnu. Il remercia la statue des anges, ensuite il ressortit de la salle secrète. Il se remit face à la porte et la referma en disant :

- 'iikhwanuna aladhin yahrusun 'abwabaha hal tastatieun 'an tughliquu fi sabil allah. *(Traduction en français: nos frères qui gardent ces portes, pouvez-vous refermer pour Dieu.)*

Tout d'un coup, le grand couloir disparut, laissant l'entrée vide. Sirius sortit du labyrinthe et repartit devant Dieu en lui montrant le présent en s'agenouillant devant lui. Dieu lui demanda :

- Sirius, je voudrais que tu l'amènes à ta sœur, ce présent avec ta mère. Peux-tu dire à Enaya que ce présent lui servira à priver les pouvoirs d'ange de sa fille jusqu'à l'âge de douze ans, année des humains, lui privant de ses pouvoirs d'ange tant qu'elle le portera.

- Bien, père, je le ferai.

Sirius et Iria sortirent tous les deux du trône pour aller voir Tessa pour lui annoncer qu'ils devraient partir dans le monde des humains pour donner le médaillon à Enaya. Ils arrivèrent devant le temple de Sirius où sa femme les attendait. Tessa était debout en train de bercer son bébé dans ses bras, elle aperçoit son mari et sa belle-mère arriver près d'elle.

- Chérie, je suis obligé de descendre voir ma sœur et ma nièce, Bella sait Dieu qui me l'a demandé.

- D'accord mon amour, mais revient vite, car ta fille aussi a besoin de toi.

- D'accord, chérie. C'est juste une question de quelques jours, mon amour.

- Ne t'inquiète pas Tessa, je te ramène ton mari. C'est juste pour deux à quatre jours et nous dormirons dans une maison que j'ai achetée grâce à ma fille.

- D'accord, Iria.

Sirius embrassa sa femme et fit un bisou sur le front de sa fille Aurore et lui dit :

- Ne t'inquiète pas mon bébé, papa revient vite.

Tessa regarda partir son mari et sa belle-mère en prenant leur envol en direction du rebord de la barrière. Ils arrivèrent sur le bord du passage, ils se regardèrent, ouvrirent leurs ailes en grands et plongèrent vers le bas. La descente était très rapide.

Pendant ce temps, Enaya coucha Bella dans son berceau, qu'elle avait acheté précédemment au village. Bella s'endormit et Enaya se coucha dans son lit. Elle refaisait un autre cauchemar, mais différent. Elle était dans une grotte avec un homme dont l'apparence était mi-homme et mi-dragon. Il était attaché par les poignets, des morceaux de chaînes cassées étaient sur le sol froid et humide. Les parois de la grotte étaient mouillées d'eau douce, un bruit d'un écoulement très dense rebondissait sur les galeries rocheuses comme une chute d'eau qui était à quelques mètres. Enaya se vit prendre ses créatures dans ses bras, mais son visage était flou à cause des larmes qui coulaient de ses yeux. Elle ressentait un sentiment de tristesse et d'amour véritable, tel que deux âmes sœurs qui se retrouvaient. Elle pleurait en raison de la torture qui a été infligée à cette créature. On pouvait voir qu'une telle torture était inimaginable. Il avait des blessures saignantes partout. Elle se vit utiliser son pouvoir pour le guérir, mais elle n'y arriva pas, car son désespoir était trop fort et ses pouvoirs d'ange ne pouvaient rien faire pour l'aider. Au même moment, Enaya était en plein cauchemar; Sirius et Iria survolèrent le village de Drak quand ils arrivèrent à la maison en question. Ensuite, ils cachèrent leurs ailes et ils entrèrent dans la pièce. Sirius demanda à sa mère :

- Maman, il n'y a qu'un lit et Enaya est où avec Bella ?

- Ne t'inquiète pas, ta sœur est dans le village accoté à Evia. Nous irons demain, elles doivent être en train de dormir.

- Tu as raison, et pour le lit.

- Eh, tu vas dormir à côté de ta mère, ha ha !

- D'accord, mais j'espère que tu ne ronfles pas.

- Comme si ah ah ah. *(elle riait ironiquement)*

Pendant ce temps, un cavalier en feu galopait dans la forêt pour trouver des âmes à manger. Quand soudainement, il ressentit deux présences descendues et se dit :

- Ça va être trop difficile avec tous ces anges dans le coin, il faut que j'attaque avec prudence mon plan.

Tous les animaux se cachèrent de ces prédateurs en entendant les sabots touchant le sol brûlé à chaque pas. Le lendemain, au moment où le soleil se leva, Iria et Sirius étaient déjà devant la maison Enaya, ils tapèrent à la porte. Enaya entendit la voix de son frère et ouvrit la porte et dit :

- Sirius, c'est toi ?

- Oui, je suis avec maman. Nous sommes venus te voir et ma nièce Bella. Ça va, ma sœur ?

- Nous t'avons amené un présent que père voulait donner à Bella, dit Iria.

- Oui, mon frère, ça va. Je suis contente de vous voir.

Elle serra son frère dans ses bras en larmes.

- Qu'est-ce qui t'arrive, ma sœur, et pourquoi tu es venu ici ?

- Je suis venu pour aider les humains, tu le savais déjà.

- Oui, je le sais, mais pourquoi pas revenir, en plus tu as maintenant ta fille ?

- Oui, tu as raison Sirius, mais il y a quelque chose qui me pousse à rester pour l'instant. Mais il se passe quelque chose ici, et aussi je fais des cauchemars depuis que je suis descendu, comme si je devais être ici.

- Est-ce que tes cauchemars se sont passés ? Dit Sirius

- Oui, et non !

- Pourquoi oui ou non ils sont passés ou pas ?

- Oui, peut-être un, mais je ne peux pas t'en parler pour l'instant ! Mais je sens que les autres vont se passer très bientôt.

- Enaya, si tu te sens en danger, viens avec nous. Dit Iria

- Non, je peux pas, mais il faudrait que vous ameniez Bella pour qu'elle soit protégée quelques jours, je vous fournirai le lait.

- Si tu veux, Enaya, ton frère peut rester avec toi pour te protéger.

- Non, maman, ça va aller.

- D'accord. Enaya, fais comme tu veux, mais je pense que tant que ça ne s'est pas passé, tu n'as rien à craindre. Parlons d'autre chose, fais-moi voir ma nièce,, s'il te plaît. Regardez comme elle est très belle.

- Sirius, je voudrais te poser une question.

- Oui, dis-moi laquelle !

- Accepterais-tu d'être son parrain ?

- Oui, ça serait un très grand honneur, sœurette ! Merci.

Il prend sa future fiole dans ses bras, elle était entourée d'un drap blanc. Il observa sa couleur de peau chocolatée clair. Des petites ailes blanches derrière le dos essayant de faire des mouvements. Il admirait les petits yeux de couleur noisette qui lui rappelaient les yeux de sa fille qui est près de Tessa. Il demanda à Enaya de lui mettre le pendentif autour de son petit cou. Soudain une lumière se mit à briller autour du pendentif. Les petites ailes se mirent à disparaître jusqu'à ne plus les voir. Sirius dit à sa sœur :

- Ne t'inquiète pas, sœurette, ses pouvoirs lui seront rendus à ses douze ans et la pierre repartira au lieu où je l'ai demandée.

- Merci mon frère d'être venu pour lui mettre ce médaillon, car je sens qu'il y a un danger aux alentours.

- Tu parles encore de tes cauchemars, je t'ai dit qu'on change de conversation et tu n'as rien à craindre. Est-ce que le père de Bella est au courant de son arrivée ? Tu lui as dit que tu es un ange et sa fille aussi ?

- Non, je ne le lui ai pas annoncé, surtout en ce moment. Il doit gérer toute une armée de soldats. Il traque les nombreuses créatures qui tuent les villageois des villages alentour de Muria. Il avait des doutes sur mes pouvoirs. Tu vois, et s'il nous traque lui aussi, ça serait la fin des anges ?

- Sœurette, il ne faut pas t'inquiéter. Il faudra que tu lui en parles, pas du pouvoir qu'elle détient. Mais un jour, tu seras obligé, à part si Bella arrive à cacher ses ailes en sa présence.

- Je pense qu'elle arrivera. Oui, je lui en parlerai. J'irai lui dire quand je serai prêt qu'il a une fille. C'est normal, mais je ne sais pas comment il va le prendre.

- Tu n'as rien à craindre, il va être heureux de savoir, comme tout père. Sirius sourit à sa sœur.

- Il a raison ton frère, ne t'inquiète pas, son père va être heureux d'entendre qu'il a une fille.

- J'espère que vous avez raison et qu'il ne va pas m'en vouloir.

- Ne t'inquiète pas, ma fille. Aller à Sirius, on va les laisser se reposer. Surtout, mon fils, il faut que tu rentres voir ta femme et ta fille, sinon elle va s'inquiéter.

- Oui, tu as raison, maman, elles me manquent déjà.

Au même moment, une personne tapa à la porte.

- Tu attends quelqu'un, sœurette ?

- Non, je n'attends personne.

- Va voir ! dit Iria.

Elle part vers l'entrée de sa maison. Quand elle ouvrit la porte. Elle est surprise de distinguer Delgo avec ses vêtements plein de sang et un regard paniqué. Ses mains rouges se relâchaient vers le sol. Des gouttelettes lui glissaient entre ses doigts, tombant sur le palier en bois. Il dit à Enaya avec un air effrayé et paniqué :
- Excuse-moi de te déranger, mais j'ai besoin de toi ! C'est Tempête, il est blessé au thorax.

- Explique-moi qu'est-ce qui est passé ? Et comment va Tempête ?

- Quand nous sommes partis pour aller à Kindra, pour vendre notre marchandise, nous nous sommes fait attaquer par un monstre avec des griffes tranchantes. Il est arrivé de nul part près des bois, il s'en est pris à Tempête. Tempête était effrayé, il lui a arraché sa peau. Il lui a infligé plusieurs blessures profondes et j'ai essayé d'arrêter le saignement, mais en vain . Peux-tu m'aider, Enaya ? Je ne connais que toi qui peux soigner pour des blessures pareilles !

- Là, il est où le monstre ?

- Il est reparti d'où il est venu. Alors, peux-tu m'aider, Enaya, je t'en supplie!!

- J'arrive, je vais chercher ma trousse ! Maman, pouvez-vous garder Bella ?

- Oui, tu peux y aller, nous allons le garder. À tout à l'heure.

- Attends, je vais venir t'aider. Dit Sirius

- Non pas là, lapenne, frèro, je vais me débrouiller.

Elle sortit de la maison avec sa trousse de potions et suivit Delgo. Ils partirent en direction de la maison de Delgo. Tout paniqué, il lui dit :

- Viens vite, il est par ici !

- J'espère il n'est pas trop tard pour Tempête ?

- J'espère aussi !

Il l'avait amenée Enaya assez loin de sa famille. Il n'y avait personne aux alentours, laissant un chemin très boisé. Une forêt très dense les entourait. Quand, au loin, ils apercevaient Tempête allongé sur le sol sableux avec des taches de sang un peu partout. Enaya s'approcha et s'allongea sur Tempête. Elle nettoya les plaies et remarqua qu'il n'y avait aucune blessure. Enaya comprit après quelque fraction de seconde qu'elle était tombée dans un piège. Le ciel commençait à s'assombrir comme si la tombée de la nuit arrivait très vite. Des nuages gris apparaissaient dans le ciel, tourbillonnant sur eux-mêmes, au-dessus du cheval allongé sur le sol. Des éclairs de lumière se faisaient retentir et tombaient sur la bête. Telle un aimant ou un paratonnerre, sans que l'animal ressentit aucune douleur. Il se releva et montra une partie de son vrai visage à Enaya. Soudainement, sa peau commença à fondre, dû à la forte chaleur. L'épiderme se consumait de l'intérieur au fur et à mesure, laissant des traces de lumière rouge orangé sortir par les trous qui se créèrent. Les os du cheval noir se montraient, laissant des flammes rouge ardent qui venaient des enfers. Au même endroit sur son visage, des crevasses se formèrent. Enaya se retourna rapidement pour pouvoir s'enfuir. Delgo montra lui aussi son vrai visage. Sa peau devenait noire à son tour et des flammes noires l'entouraient tel un bouclier. Ses vêtements se changèrent en une robe sombre. Sur sa tête, un casque se dessinait comme s'il avait toujours été là. Telle une illusion optique qui se dissipait. Une lance en feu se tenant près de sa main gauche. Il dit à Enaya :

- Tu connais maintenant mon vrai visage et aussi celui de Tempête. Nous sommes venus des enfers. Je vais te raconter notre venue sur cette terre. Nous étions en enfer pour venir sur ce paradis, âmes délicieuses, quand au même moment une porte s'ouvrit devant nous. Une lumière vert intense s'était formée devant nous tous. Nous nous sommes dit, enfin c'est à notre tour de manger des âmes fraîches. Quand nous entrâmes par ce tunnel, un homme habillé d'une robe de cérémonie démoniaque nous attendait. Il nous demanda de lui donner le pouvoir absolu. Nous lui avons dit:

- Si tu veux ce pouvoir, il te faudra nous donner ton âme.

- Il accepta sans savoir ce qu'il allait lui arriver. Je lui ai demandé de fermer les yeux et d'ouvrir sa bouche. Je lui ai pris son âme en l'aspirant. Il est devenu un humain vide et fou sans savoir ce qu'il était devenu. Au moment où nous sommes sortis de sa maison, à peine que nous avons fait quelque kilomètre pour nous cacher. Nous avons croisé un homme sur son cheval et nous allons le tuer tout simplement. Nous nous sommes servi de sa chair pour changer d'apparence aux yeux des humains. Après avoir pris notre apparence de cet humain et de sa monture, nous sommes repartis voir cet humain qui nous a appelés. Nous l'avons vu, les soldats du roi l'ont achevé car il sait les attaqué . Branlant une hache de sa main droite et en disant :

- À mort aux humains !

- Les soldats nous ont aidés à le tuer, sans que nous bougions un doigt. Nous étions en premières loges, haha ! De toute façon, s'ils nous avaient découverts, nous les aurions tués tous. En tout cas, son âme était délicieuse. Maintenant, je vais manger la tienne, Enaya.

Enaya terrorisée ne pouvait pas bouger, elle était tétanisée de voir ces démons montrer leur vrai visage.

- Mais avant, je voulais te dire, dès que nous t'avons senti venir sur terre. Nous voulions te manger, mais je suis tombé sous ton charme dès notre premier regard. Alors j'ai dit à Tempête que nous allions nous amuser avec toi. C'est pour cela que tu es encore vivante et ta fille mi-ange, mi-humaine.

- Tu ne touches pas à ma fille, ni à ma famille !

- Tu n'as rien à craindre pour ta fille, nous allons la garder près de nous. Mais depuis que les anges de ta famille sont descendus, il me fallait trouver une stratégie pour te faire venir et ensuite te prendre ta fille. Nous lui apprendrons à nous amener vos semblables pour que l'on puisse dévorer leurs âmes, ah ah ah !

- Tu n'auras jamais ma fille, elle est protégée ! Vous ne pourrez jamais la sentir par rapport à l'aura qu'elle dégageait .

- C'est vrai, je ne sais pas comment vous avez fait, car nous ne ressentons plus son aura depuis tout à l'heure. Mais ce n'est pas grave, nous allons te la kidnapper au milieu de ta famille. Après leur avoir dévoré leur âme, elle deviendra mienne, une ange démoniaque.

Enaya était terrorisée d'entendre de telles paroles et lui dit :

- Non, je te le redis, tu n'auras jamais ma fille !

Elle ne pouvait faire aucun geste, comme si elle était paralysée par un sort démoniaque.

- Alors, tu es vrai, tu es un démon qui veut prendre ma fille. Je te redis; tu n'auras jamais ma fille, je la protégerai.

Soudain, Enaya réussit à sortir de ce sort de peur qui l'entourait. Elle courra avertir sa famille du danger en essayant de se frayer un chemin entre les arbres et pour ouvrir ses ailes. Elle se dit tout en écoutant la voix du démon, qui marchait sans savoir où il était caché, et de son destrier qui était très rapide :

- Impossible que je sorte mes ailes, je n'aurai pas le temps, car à peine que je l'ai ouvert pour voler, ils vont me sauter dessus. Je ne sais pas comment je vais faire contre ces créatures, car elles sont très puissantes. Dieu, si vous entendez ma prière, aidez-moi ! Protège ma fille et ma famille. Envoyez-moi de l'aide.

Dieu entendit le désarroi Enaya, mais n'en fera rien. Il savait qu'un destin lui était destiné et qu'à ce moment-là, rien ne lui arriverait, ni à elle ni à sa famille. Le démon lui répondit en marchant tranquillement. Pendant ce temps, Tempête lui barra la route :

- Tu n'as aucune chance de t'échapper. Tu peux essayer de t'enfuir pour demander de l'aide, mais tu es trop loin de chez toi, haha. Tempête te trouvera toujours, car il ressent ton aura comme pour ton frère et celle de ta mère. Même s'ils arrivaient pour t'aider, nous les chasserions. Enaya ! Je suis plus fort que tous les anges, même réunis. Je prendrais ta fille la garder avec nous voir en enfer, ou je demanderais à Tempête de la dévorer, haha !

Enaya effrayer, s'arrêta de courir pour s'enfuir et décida de se sacrifier pour sa famille et pour Bella. Elle distingua la voix du démon qui s'approchait d'elle et lui dit :

- D'accord, prends mon âme, mais laisse ma fille et ma famille tranquilles !

Elle lui dit en étant toute désespérée pour sauver sa famille. Il lui répond :

- Tu es courageuse, Enaya de vouloir te sacrifier, mais pas pour l'instant, je m'amuse bien avec toi. J'attends que ta famille arrive pour essayer de te sauver et pour qu'il m'amène ta fille . Ensuite, nous leur dévorons les âmes et à tous les villageois de cette île. Un jour viendra, haha!

- Il ne viendra pas ! Laisse-nous tranquille !

- Viens, Tempête, nous avons assez joué. Nous allons te laisser pour l'instant, mais ne dis à personne notre secret, car sinon nous dévorons et nous tuons ta famille. Tempête,laisse-lui sa liberté et viens, nous allons manger !

Tout d'un coup, les nuages se dissipèrent pour laisser la lumière du soleil. Enaya était fatigué de cette torture, que ces deux démons lui avaient infligée, psychologiquement et en l'empêchant de s'enfuir. Delgo donna un morceau de viande du prédécesseur cheval à Tempête et lui aussi mangea un morceau de viande humaine pour redevenir tel qu'ils étaient.

- Comment tu t'appelles vraiment ? dit Enaya.

- Je m'appelle Delgolik, démon mangeur d'âme, et ma monture,Tempirik, ensorceleur d'âme. Son pouvoir est attirer les âmes encore enveloppées dans ses pantins humains en les paralysant de leur peur. Nous n'avons aucun prédateur existant, haha. Nous allons pour l'instant te laisser tranquille, mais nous te retrouverons si tu t'enfuis dans les airs. Si tu t'enfuis rejoindre les anges, je connaîtrai où se trouve votre terre. Ça me donnera le lieu pour tous vous détruire et manger leurs âmes délicieuses. Qu'est-ce que tu en dis, Tempirik, haha !

- Huuuu !

Ils repartirent dans la forêt sans laisser de trace, en laissant Enaya effrayée. Elle ne savait plus quoi faire, dans cette situation. Car si elle dit la vérité sur l'identité de Delgo, elle met en danger Bella et sa famille. Comment faire. Soudain une voix retentit dans sa tête :

- Enaya, ton destin est tracé. Quand Bella aura deux ans et demi, va dans le village de Kindra, ton destin t'amènera là-bas. Ne t'inquiète pas, ta fille ne sera jamais en danger, car tu la laisseras au près de ta famille, mais il y aura un plus grand danger qui te poursuivra. C'est ton destin. Tu dois le découvrir depuis que tu as voulu descendre au milieu des humains pour les aider. Tu ne seras pas seule à affronter ces démons et ça se passera dans ce village.

- Pourquoi tout ça arrive maintenant et pourquoi là-bas, dans le village de Kindra ? Je ne peux pas y aller avant.

La voix ne lui répondit plus, la laissant juste avec le son du vent qui fait danser les arbres.

- D'accord père, dans deux années et demie, je laisserai Bella à ma mère et à mon frère, et moi je partirai à Kindra.

Enaya repartit voir sa famille à sa maison.

- Alors, ça a été avec Delgo, tu as réussi à guérir son cheval ? dit Iria.

- Eh oui, j'ai réussi. Ce n'était pas si profond.

- Tu es sûr que ça va, sœurette ?

- Oui, ça va, ne t'inquiète pas.

Enaya était terrorisée à l'intérieur, mais ne pouvait pas leur faire montrer son inquiétude, sinon ils lui poseraient plus de questions. Elle est partie voir Bella, elle la porta dans ses bras et lui fit un gros câlin sans dire un mot dans une pièce isolée en versant quelques larmes.

- Enaya, nous allons te laisser, je vais aller voir ma fille et ma femme. dit Sirius.

- Oui, tu peux dire à Tessa que quand je reviendrai sur la montagne, j'irai la voir.

- Pas de souci, fais attention à toi, sœurette.

Sirius lui fit un câlin et sortit de la pièce.

- Oui, ma fille, si tu as besoin d'aide, tu nous appelles.

Iria sortit aussi de la pièce, laissant Enaya avec Bella seul. Ils ouvrirent leurs ailes et volèrent vers la montagne.

Une année passa. C'était bientôt le jour j, les meurtres continuaient de couler par ses deux démons. Enaya était parti prier pour demander à sa mère de descendre, pour qu'elle prenne Bella pour la protéger de Delgolik, sur la montagne. Enaya pense avoir pris la bonne décision. Le soir même, elle fit un beau rêve; elle voyait sa fille âgée de deux ans et demi dans un endroit avec deux autres ombres. Un homme-dragon comme celui qu'elle avait déjà vu dans un de ses rêves et avec un enfant dans ses bras. Elle n'arrivait pas à distinguer du au reflet des ombres qui brouillait sa vision.

Chapitre 6: L'histoire du bûcheron

Quelques heures avant, au loin, à deux cents kilomètres de la montagne de Dieu, je suis un beau jeune homme, âgé de vingt-huit ans et je me prénomme Emrik. Je travaille en tant que bûcheron. Mon métier est très épuisant et très physique. Je travaille dans les bois dont les arbres sont centenaires et qui pouvaient dépasser les nuages. Je travaillais près de mon village appelé Kindra au Sud, à quelques kilomètres du village de Drak qui était près des montagnes du grand nord. Quand je rentre souvent tard du travail avec ma cargaison de bois, sur le chemin, j'adore admirer, au niveau des falaises, le paysage magnifique que la nature nous offre à l'horizon. Nous pouvons apercevoir la montagne de Dieu qui est tout au sud. Elle est assez loin de Kindra, elle est au milieu d'une végétation très dense. Il y a des nuages qui cachent son sommet toute l'année et personne ne sait ce qui se cache là-haut. Un jour pas comme les autres, nous pouvions voir un coucher de soleil à couper le souffle, ce qui était très rare. Ces couleurs dégradées au plus bas, orange, rouge, passant par un nuage coupant le ciel en deux, pour laisser des rayons de lumière tels qu'un éventail ouvert. Au centre du coucher de soleil, une lumière jaune éblouissait les couleurs grises vers le bleu du ciel, laissant place aux étoiles et à une aurore boréale. Elle était sous la forme d'une rivière tourbillonnante de lumière bleu verdâtre, qui dansait et bougeait de manière imprévisible. Ce jour-là, une comète descend de la montagne. Elle passa dans l'aurore boréale, c'était un moment magnifique. Elle était d'une couleur blanche mélangée aux voilages du phénomène. Elle commença à descendre vers le sol pour s'écraser dans une clairière. Elle n'avait fait aucun dégât ni de bruit, ce qui n'était pas normal. Étant très curieux d'un moment aussi extraordinaire, je me suis dit pourquoi pas aller, un jour, voir qu'est-ce qui est tombé là-bas dans cette plaine ! Mais je ne savais pas que cette rencontre changerait ma vie. Alors qu'au loin un orage arriva vers notre village venant du grand nord. Je coupais mon dernier arbre pour le revendre à d'autres villages voisins. Chaque jour, je faisais de grandes distances qui m'éloignaient du village. La hauteur des arbres pouvait monter au-dessus des nuages, car nous étions dans les grandes montagnes à deux mille mètres d'altitude. L'air est pur et mon corps est très habitué à respirer à cette altitude. Ça me rappelait mon enfance, mon père était maréchal-ferrant et ma mère, femme au foyer, et j'avais un jeune frère qui s'appelait Tylios. Nous mangions à notre faim, mon père nous avait tout appris, comment construire une maison, nourrir les animaux domestiques et respecter la nature qui nous entourait. Je me rappelais qu'un jour, j'étais parti chercher des fruits dans les montagnes, quand j'avais entendu un poulain coincé dans une mare de boue de couleur verte. J'ai pensé à ce moment-là que peut-être la jument qui a laissé son poulain a dû avoir peur et l'a laissé dans cette boue sans pouvoir rien faire. Je me suis mouillé quand j'étais plus jeune, quand j'ai sauvé ce poulain qui est devenu mon vaillant, vu qu'il était mal en point et épuisé, je me suis mis à prier pour que Dieu le sauve et il m'a écouté. Depuis que je suis petit, je prie à Dieu qui me laisse la chance de rencontrer mon âme sœur. Je prie toujours pour avoir certainement cette chance. J'avais vingt-quatre ans et mon frère, vingt-deux. Nous prévoyons de nous éloigner du village natal pour faire notre vie à chacun.

Nos parents préféraient rester dans le village Louros au sud-est de Muria, d'où nous pouvions admirer la montagne de Dieu. Tous les deux, nous avions une compagne, ma compagne qui se prénommait Lorka qui est devenue ex-compagne après quelques années, car elle préférait les hommes riches et non un pauvre bûcheron qui était tout le temps au travail. Mon frère, sa compagne, elle s'appelait Kilia, ils prirent la route de Géris, qui est situé au nord-ouest de l'île, pour devenir un des meilleurs gardiens de la grande pyramide, moi, sur le chemin de Kindra qui est situé au nord. Mais revenons à cet orage après cette comète qui est tombée du ciel. On pouvait apercevoir la pluie qui tombait fortement sur le sol, avec énormément de rafales de vents. J'avais cru entendre des cris, tout autour de moi. Je me suis arrêté, je me suis dit que ça ne devait être rien, mais sans doute le vent, alors que c'était un couple du village qui se faisait dévorer par un démon et sa monture et aspirer leurs âmes. J'avais repris mon chemin, car il me restait de nombreux kilomètres avant d'arriver à mon chez-moi. Au bout de quelques heures, j'apercevais ma maison en bois au loin au-dessus des toits des habitations du village. J'habitais tout seul après ma séparation avec Lorka, une jeune femme très mignonne. Elle avait des cheveux de couleur noisette, des yeux bleus. Ses vêtements étaient un peu déchirés, car elle n'était pas très riche, elle non plus. Quand je suis arrivé avec mon cheval qui se prénommait Vaillant. J'entendis des bruits sortir des arbres comme des grincements, la terre était très boueuse. Le vent soufflait fort sur les feuilles d'automne qui tombaient sur le sol. Quand je m'approchais du village, j'entendais de plus en plus, des cris d'animaux torturés ou de femmes et d'hommes qui retentissaient dans le vent comme des échos. Quand j'arrive devant ma maison, les fenêtres étaient fermées, j'ai remarqué la porte de chez moi ouverte. Le vent faisait claquer ma porte, en l'ouvrant et en la refermant brusquement. Je me suis dit :

- Je suis sûr que je l'avais fermé. La pluie avait dû rentrer dans la maison !

Plus je m'approchais, plus le vent bougeait des feuilles en les faisant voler sur le sol vers le ciel comme une colonne d'air. J'ai rentré mon cheval trempé et très agité dans son étable. Elle était en planches de bois, dont le toit était en tuiles de terre cuite, mais suite aux tempêtes de ces dernières années, il y en avait qui avaient des fuites. On pouvait entendre les gouttes tomber dans l'abreuvoir à moitié plein de Vaillant. Le bois qui était tout autour des murs était pourri en raison des intempéries. J'ai mis de l'eau dans son abreuvoir pour remplir le reste manquant que j'avais retiré d'un tonneau plein, dont une mousse verte poussait autour des planches. Je me suis avancé après avoir fermé la porte de l'étable vers l'entrée de ma maison.

Le froid régnait et le sol était mouillé dans la pièce. Je suis parti prendre du bois dans une chambre qui me servait comme d'un abri et de stockage de bois sec. Je l'avais laissé sécher pendant trois ans. Je prends quelques bûches pour les mettre dans la cheminée en pierre. Nous pouvions voir les taches de suie noires autour des parois. J'ai mis un peu d'herbe sèche que j'avais coupée précédemment durant une moisson. Je l'avais mis en boule et en forme de nid. Ensuite, je prends mon briquet médiéval que j'avais acheté au forgeron pendant une livraison de bois à Muria. J'ai pris mon silex que j'ai déposé sur du coton carbonisé. Je frappais la lame du briquet sur le silex et des fines braises jaillissaient sur le coton. Je le mets dans le nid et je donne un petit souffle sur les petites braises. Soudain une fumée apparaît, de l'herbe séchée. Au fur et à mesure que la fumée grise s'intensifiait, des flammes jaillissaient, détruisant la paille. Je l'ai mis dans la cheminée autour des brindilles sèches. Je me dis :

- Enfin un peu de chaleur !

Je frottais mes mains au-dessus du feu. Ensuite, je me déplace dans la pièce pour aller me rincer le visage avec de l'eau claire près d'une fenêtre. Un grand bol en terre cuite était posé sur la table. On pouvait distinguer le reflet de la lune sur la surface de l'eau qu'il contenait. Je regardais les nuages gris sombre s'éloigner par la fenêtre avec mon visage mouillé. J'ai repensé à cette lumière qui s'était écrasée sur cette plaine et je me dis :

- Il faudrait que j'aille dans la plaine où cet objet sait écraser, peut-être que ça vaudra de l'argent. Vu que j'ai une livraison de bois dans le village d'Evia, je vais faire un petit détour.

Je suis parti me coucher sur mon lit. Des peaux d'animaux me servaient de couvertures, elles étaient douces et chaudes au toucher.

Le lendemain matin, Lorka arriva en ouvrant la porte d'entrée de ma chaumière. Sans me dire bonjour, sans faire un geste tendre, elle entra dans la pièce. Pour moi, j'avais l'impression qu'elle ne ressentait pas d'amour pour moi. Sans un mot, elle prit son collier, dont le pendentif était rose. C'était un coquillage que je lui avais offert auparavant. On pouvait en trouver, près de la plage de sable, à une centaine de kilomètres près du rivage, au nord-ouest, proche du grand nord. Soudainement, elle repart d'où elle était venue. Je me suis levé pour la rejoindre, j'ai mis mon pantalon de travail avec un haut de vêtement en tissu blanc. J'ai passé ma tête et mes bras dans des trous à cette fin ; ensuite, je suis parti en courant pour la rejoindre en lui demandant de ne plus revenir sans m'attendre. Elle me répondit :

- Pas de souci, car de toute façon, je ne t'ai jamais vraiment aimé, puisque tu ne m'offres que des fleurs alors que je veux autre chose que tes feuilles qui fanent. J'ai trouvé un homme plus fort que tes pauvres muscles et qui m'apporte plus que tes trois sous. Je vais être heureuse, parce que lui au moins, il est riche.

- C'est juste pour l'argent que tu restais avec moi, alors tu as raison de partir et de ne plus revenir.

Elle s'éloigna de plus en plus de moi, elle continua son chemin dans la direction de la forêt. Elle traversa la route, au milieu des passants qui discutaient entre eux pour retrouver l'homme le plus riche du village, qui vivait dans une bâtisse. Les murs étaient en pierre ornée de terre, le toit était en tuile rouge. Pendant ce temps, je suis parti dans une petite chapelle abandonnée qui était dans la forêt à sept cents mètres de mon habitation pour prier Dieu. Elle était en ruine, les plantes grimpantes envahissaient les murs et les fenêtres. Sauf l'entrée qui restait intacte, comme si Dieu voulait laisser entrer les croyants pour préserver ce lieu de culte. J'entrais dans la pièce principale, un autel en granite était dans le fond de la salle avec une représentation de Dieu. Il était sculpté dans du bois de chêne datant d'une centaine d'années, que j'avais choisi entre plusieurs arbres centenaires. Je m'agenouillai devant l'autel et je pris sur le sol en pierre sale et dont la mousse envahissait les joints. Quelques plantes longeaient les murs, recouverts de feuillage vert :
- Seigneur, depuis que je suis petit, je prie pour que vous m'offriez une chance de rencontrer mon âme sœur. Je serai

toujours là pour elle, même pour la protéger. S'il vous plaît, donnez-moi cette chance de la rencontrer. Merci Seigneur. Amen.

Et à la fin de ma prière, je fais le signe de la croix et je sors de la chapelle. Je suis parti sur le chemin de ma maison pour prendre Vaillant pour retourner à mon travail. Je suis arrivé chez moi. Je suis parti de la grange et je me suis réparé. Vaillant, nous sommes sortis de la grange. Je lui mets mes rennes et je lui mets la selle et nous partons sur le lieu de travail. C'était à quelques kilomètres du village, près d'une grande plaine.

Arrivé dans le champ, j'attache Vaillant pour qu'il m'aide à traîner les arbres coupés exposés au sol. Les autres ouvriers découpent à la hache d'autres arbres. Quelques heures passèrent, Vaillant transporta sur quelques mètres des arbres coupés par les autres bûcherons. Ils découpèrent en morceaux d'une longueur d'environ cinquante centimètres. Ensuite, nous les tassions pour après les transporter dans les chariots. Il était très tard, quand je rentrai chez moi avec un esprit libre en me disant que ce n'était pas la femme de ma vie. Le lendemain, je pars pour le village Evia leur livrer le chariot de bois. Sur le chemin, je m'arrête au lieu où la comète était tombée dans le grand lac. J'arrivais sur une intersection avec un panneau indiquant plusieurs chemins pour aller au village qui était aux alentours. Nous prenons avec Vaillant le chemin pour Evia, sur le chemin, j'ai remarqué un petit sentier au loin. Quand je demande à Vaillant de s'arrêter :

- Oh Vaillant, arrête-toi mon grand !

Le chariot s'arrêta net. Je descends quand je dis à mon cheval :

- Vaillant, tu restes là, tu n'as rien à craindre ici, je reviens ! Je vais juste voir si je retrouve ce qui est tombé par ici dans ce sentier !

- huu, huuu !

Vaillant, il m'avait compris. Depuis que je l'ai sauvé, nous avons tissé un lien d'amitié. Je suivis le chemin étroit qui m'amena sur un grand lac. Un magnifique paysage se dessinait,

des tapis de fleurs parfumées partout sur le sol, on pouvait entendre les oiseaux chanter sur les branches et aussi dans le ciel. Plus je marchais, plus je ne voyais aucun impact sur le sol et ni aucune trace sur les arbres touffus ou leurs branches. J'entendais juste l'eau couler. Je commençais à faire le tour en prenant à droite du chemin, mais j'ai vite été arrêté par une forêt très dense avec des murs de falaises de six mètres de hauteurs. Je me suis dit :

- Il doit avoir des parties de l'île inexplorées qui cachent des secrets.

Je retourne sur mes pas et je prends le côté gauche, je longe le lac, j'entendais les poissons sortir de l'eau pour faire un plongeon. Plus que continuait, plus que j'entendis une rivière qui coulait dans le lac venant de la montagne de Dieu, un petit pont en bois de chêne était créé par des villageois. Plus je longeais le lac, plus j'entendais le vent souffler sur les arbres. Je regardais partout jusqu'à arriver devant une rivière qui grandissait de largeur avec énormément de courant. J'ai longé la rivière pour m'arrêter devant un mur de végétation très dense qui ne laissait aucun passage. L'eau de la rivière de couleur vert turquoise descendit sous un mur de roche creusé par l'eau et le courant. Ne pouvant plus passer, je fais demi-tour pour rejoindre Vaillant après deux heures de marche sans rien trouver, même pas un indice sur le sol et sur les arbres. J'ai repris mon chemin pour livrer à un chef du village d'Evia. J'arrive devant la maison du chef du village et il me dit :

- Bonjour Emrik comment tu vas ?

- Je vais bien, et toi Parkus !

Je descendis du chariot et je commençai à décharger la marchandise dans sa grange avec lui.

- J'ai su que Lorka t'a quitté, ha haha ! Je t'avais prévenu que cette fille n'était pas pour toi !

- Comment tu l'as su ? C'est vrai, sur l'île, les nouvelles vont vite ! Oui, tu avais raison !

- Maintenant, tu vas faire quoi ?

- Comment ça, je vais faire quoi, je vais rester seule jusqu'à trouver mon âme sœur !

- Ha ha haha, il faut que Dieu te l'accorde, mais pour l'instant, personne n'a vu Dieu, et pour ton âme sœur, je pense que tu deviendras vieux comme moi, que tu n'auras pas trouvé la personne idéale, ha ha haha ! Regarde-moi, je prends la vie telle qu'elle vient, que toi, tu vis dans un monde imaginaire, ha ha haha !

- Ça va, laisse-moi tranquille, je me suis fait mal avec tes histoires.

Je m'étais blessé, car une bûche m'était tombée sur la main.

- Emrik veux-tu que je t'amène voir notre guérisseuse ?

- Non, pas besoin, c'est juste une égratignure ! C'est nouveau que vous avez maintenant une guérisseuse ?

- Oui, elle est très talentueuse et elle vient du village de Palok.

- J'espère qu'elle ne fait pas de magie noire comme le précédent ?

- Non, mais elle soigne vraiment bien. Tu es sûr que tu ne veux pas la voir pour qu'elle te soigne ?

- Euh, non, ça va aller ! Oh, d'ailleurs, as-tu vu, il y a quelques jours, une comète tomber vers le grand lac ?

- Non ! Pourquoi ?

- Non ! Comme ça ! Allez, je vais te laisser, je dois repartir recharger pour aller sur le marché du château de Muria.

- Merci encore, Emrik !

- Pas de souci. A très bientôt Parkus.

Je remonte dans le chariot et je dis à Vaillant :

- C'est parti, mon ami.

Je secoue les rênes que j'ai dans les mains. Soudain, le cheval avança tranquillement en prenant le chemin de Kindra pour recharger le chariot de bois.

Une année passe, j'ai retrouvé un ami qui avait besoin d'aide pour les travaux de sa maison. Il se prénommait Charl, un homme bien portant qui aimait bien manger, surtout boire. Je lui ai raconté ma relation avec Lorka, il me dit :

- Si tu veux, vu que tu n'es plus avec cette femme alors que je t'avais prévenu, qu'elle voulait juste ton argent. Je te propose de venir avec moi, j'ai une amie assez mignonne à te présenter est une femme brune très gentille.

- Oui, pourquoi pas.

- Elle a un enfant qui s'appelait Kaïl et elle est enceinte de trois mois d'un futur garçon. Veux-tu que je te la présente.

- Oui, mais tu es sûr qu'elle est seule ?

- Oui, elle est seule, donc tu es d'accord ! Super, je vais te la présenter demain.

- D'accord, on se retrouve chez moi. Ensuite, nous irons chez ton amie.

- Oui, pas de souci.

Le lendemain, il arrive chez moi, pour qu'il puisse me la présenter. Nous sommes partis chez cette fameuse amie ;

sa maison se trouvait près d'une forêt, assez loin de chez moi et très isolée du village. Elle était en bois, dont son toit était en chaume et les murs en torchis, qui était très souvent utilisé dans la région. Elle se prénommait Mystik, elle était comme il me l'avait décrit. Une femme brune séduisante, elle avait une robe en tissu de mauvaise qualité de couleur grise. Elle venait d'une autre île. Elle naviguait sur une barque et elle avait échoué dans les récifs près des montagnes du Grand Nord, sans savoir d'où elle venait. Elle avait un petit accent qui lui donnait son charme.

Le midi, elle m'invita à manger en sa compagnie et de celle de son fils. Elle me proposa dormir chez elle pendant plusieurs nuits, le temps de faire connaissance. Je lui ai répondu :

- Oui, il n'y a pas de souci, en plus, ça me rapproche de mon travail.

- Quel est ton métier ?

- Je suis bûcheron.
- Ça doit être dur.

- Non, ça va, en plus je ne suis pas tout seul.

- Comment ça ?

- J'ai mon ami Vaillant, c'est mon cheval. Il m'aide énormément. Je vais te le présenter, si tu veux.

- Oui, pourquoi pas.

- Et toi, tu fais quoi comme métier ?

- Je suis femme au foyer. Par moment, je vais aider des amis à faire le ménage.

- D'accord, et ce n'est pas trop dur ?

- Non, ça va un peu épuisant !

- Je te crois.

Au même moment, son fils arriva et elle me le présenta.

- Kaïl, je te présente Emrik.

- Il est jeune, ton enfant ?

- Oui, il a que quatre ans.

- Et son père, où est-il ?

- Son père, il est parti, car elle buvait. Il était très violent, donc je l'ai foutu à la porte.

- D'accord, avec moi, tu n'auras pas ce problème. Je ne bois pas et je passe mon temps au travail.

Je sors de la pièce avec Mystik. Je suis parti chercher Vaillant. Au moment que je m'approchai de Mystik, plus il devenait nerveux. Il ressentait un danger, je ne savais pas pourquoi, il n'avait jamais eu une attitude comme ça. Je l'éloignai de Mystik. Je l'ai attaché un peu plus loin sur une branche d'un buisson. Je suis reparti voir Mystik et je lui dis :

- Je suis désolée pour mon ami, je vais aller le voir, pour savoir pourquoi il est comme ça. C'est bien la première fois, ils me font ça.

- C'est peut-être le temps, il faut juste qu'il s'habitue à un nouvel environnement.

- Oui, tu as raison Mystik.

Le temps qu'elle rentre dans sa maison pour préparer le repas, je discute avec Vaillant.

- Qu'est-ce qui t'arrive mon ami ? Pourquoi tu agites comme ça ? On reste quelques jours après, on repartira, mais si tu ne te sens pas très bien ici, je te ramènerai à la maison.

Je laisse mon cheval pour rejoindre Mystik. J'entre dans la pièce, son fils m'attendait pour qu'on puisse jouer ensemble. Au même moment, j'ai demandé à Mystik si elle pouvait acheter une jument pour essayer de changer le comportement de mon cheval. Elle me répondit :

- Si tu veux, je connais un ami qui doit avoir une jument et en plus, pas besoin de l'acheter.

- Super ! Comme ça, on va essayer de voir si ça change son comportement.

- Oui, on verra bien. Je vais voir mon ami au village et je vais lui demander s'il peut me la donner quelques jours. Le temps que je sois parti, peux-tu jouer avec Kaïl.

- Oui, tu peux partir tranquille.

Mystik sortit de la maison et prit le chemin vers le village pour chercher la jument. Quelques heures passèrent, Mystik n'était toujours pas arrivé, je m'occupais de son fils en jouant à cache-cache. Ça nous a permis de tisser des liens assez rapidement. Elle arriva sur le dos de la jument qui s'appelait Venus. Vaillant était content d'avoir de la compagnie, dès qu'il a entendu le son de ses pas. Mais le problème de Vaillant ne venait pas du manque de compagnie, il venait autre part. Je ne voyais pas, car j'étais tombé amoureux de Mystik. En fin d'après-midi, nous sommes partis travailler, pendant quelques heures avant la tomber de la nuit, pour charger le chariot. C'était devenu une routine. Durant ce temps, Mystik partait en laissant Kaïl à son ami Charl. Elle s'éloigna dans la forêt assez loin du village avec Venus. Elle connaissait très bien les environs. Elle trotta durant une heure, pour arriver devant un buisson très épais et épineux en bas d'une colline recouverte de neige. Soudain Mystik dit une parole magique dans une langue nordique :

- Du som skjuler ditt utseende for meg, vis meg ditt sanne ansikt *(Traduction en français : Toi qui me caches ton apparence, montre-moi ton vrai visage.)*

Tout d'un coup, l'apparence de l'illusion se dissipa, laissant une entrée d'une grotte avec un long couloir qui était très sombre. Elle descendit de sa monture et la tenait par les rênes. Elle s'avança et fit tourner sa jument à l'entrée de la grotte. Elle relança une nouvelle formule magique pour créer une autre illusion et elle créa une barrière phonique pour cacher l'entrée derrière. Elle accrocha sa jument près de l'entrée autour d'un anneau en fer, planté dans la roche humide. Elle s'avança dans le tunnel sombre et soudainement des flammes sortirent des bougies. Plus elle s'avança dans le couloir, plus les lumières s'installèrent pour laisser apparaître un autel en pierre. Il était exposé près d'une autre entrée derrière celui-ci, il datait de trois mille ans. Il y avait des dessins et des symboles magiques sur les murs. Il y avait une table en granite noir pour des sacrifices dont le sang avait incrusté la pierre. Elle l'avait découvert quelques jours après son naufrage sur cette île. Elle disposait d'un grimoire qui ne la quittait jamais pour utiliser sa magie. Elle arriva devant l'autel et prit une aiguille et une paire de boucles d'oreilles magiques. Elle était dorée et munie d'une pierre précieuse magique. Elle ressentit avec les objets dans ses mains. Elle s'avança vers Venus et elle lui prit l'oreille et perça l'oreille. Venus s'agitèrent. Elle lui met la boucle d'oreille magique, lui donnant tout contrôle et son obéissance à son insu. Mystik se mit, la deuxième boucle d'oreille était sur son oreille droite. Elle repartit dans le tunnel dont les parois étaient lisses et humides. Les gouttes du plafond tombèrent sur des petites flaques d'eau. Sur l'autel était exposé son grimoire de magie noire et une tablette des démons avec deux emplacements vides, car un emplacement était rempli. Une opale du ciel était déjà à son emplacement, elle était d'un bleu étincelant. Le livre avait une couverture rouge, qui était faite de peau de démon, des pierres précieuses l'entouraient. Au centre de la couverture, les symboles maléfiques gravés. Le livre était ouvert sur une page, qui consistait à faire appel à une force maléfique. Une démone dragon, pour faire appel à ses pouvoirs, il fallait avoir quatre éléments importants. L'opale du serpent dont le cœur de la pierre précieuse reflète l'apparence du démon de couleur dorée et tout autour, des galaxies venant d'un autre univers perdu. Le deuxième élément, l'opale du ciel qui était déjà en sa possession et positionnée sur la tablette des démons, était le cœur du démon. La pierre est de couleur bleue, tel un ciel sans nuages. Le troisième élément, le médaillon dragon qui rassemble tous les éléments. Sur le médaillon, il y avait deux dragons qui se regardaient, à son centre, une pierre ronde dont quatre plus petites représentaient une pyramide. Et le quatrième élément, la tablette en pierre dont des lignes gravées relient tous les éléments, leur donnant une énergie qui créera la porte de l'univers de la démone qui était aussi en sa possession sur l'autel. Mystik préférait feuilleter d'autres pages. Comme celle qui s'appelait l'oiseau de feu. Il lui fallait juste une offrande et un homme. Pendant ce temps, je suis rentré du travail pour aller manger chez Mystik, je me suis occupé de Vaillant. J'avais remarqué que Venus n'était plus attachée devant la maison, je me suis dit :

- Elle a dû partir chez une personne qui a besoin d'aide.

Je suis rentré dans la maison, quand je vois mon ami Charl et je lui demande :

Bonsoir mon ami, que fais-tu ici ? Mystik a dû sortir ?

- Et bien oui, elle m'a demandé de garder Kaïl.

- D'accord. Et tu sais vers quelle heure elle va revenir ?

- Non, je l'ignore !

- D'accord, je vais aller manger et me laver pour après dormir, car demain, je dois faire une livraison à Evia.

- D'accord, moi, je vais coucher Kaïl et vu que tu es là, je vais partir.
- Tu devrais attendre Mystik, elle va bientôt rentrer !
- D'accord, je vais l'attendre.
- Je te remercie !

Pendant ce temps, Mystik continua de consulter son livre de magie noire. Un serviteur lui amena une femme pour qu'elle crée une nouvelle créature de l'ombre pour la servir. Il était muet depuis l'attaque des loups et il était devenu orphelin depuis que sa famille a été tuée par des criminels. Il est très grand et très fort grâce à un sort. Mystik l'avait rencontré sur un chemin dans la forêt près de sa grotte. Elle entendit le cri d'un enfant. Elle était très jeune, âgée de vingt-cinq ans, et elle commençait tout juste un ou deux sorts. Lui, il en avait que dix ans. Elle le voit sur le sol en pleurs, une meute de loups affamés autour. Il l'utilisait sur une grosse branche pour se protéger des attaques qu'il avait ramassées sur le sol boueux. Un loup qui s'apprêtait à lui sauter dessus. Quand soudain un chant mystique flottant dans l'air atteint le petit garçon qui lui a pris le son de sa voix pour lui donner en échange une force surhumaine. Tout son corps s'agrandit et était devenu de la pierre. Lui donnant une invincibilité, ses bras doublaient de taille. Quand l'Alpha sentit le danger arriver, il hurla pour ordonner à toute sa meute de l'attaquer avec férocité. Deux loups sautèrent sur les bras, un autre sauta au cou essayant de lui enfoncer ses crocs. Au même moment, il lâcha son arme de défense. D'un geste, il attrapa la tête d'un des trois loups entre le bras et brisa le cou. Il entendit le bruit du craquement d'os qui se brisait. Il attrapa le deuxième loup qui essayait de mordre le bras avec sa main et il lui mit sa deuxième pour lui débloquer la mâchoire. Le troisième arrêta tout de suite. Soudain l'alpha hurla une deuxième fois pour dire à sa meute de repartir, car il savait qu'ils n'avaient aucune chance de continuer de l'attaquer. Ils repartirent dans la forêt, laissant les deux corps des animaux sauvages sur le sol. Le petit garçon avait perdu sa voix en raison du pouvoir qu'il avait reçu pour lui sauver la vie. Il lui resta fidèle pour l'avoir sauvé. Il apprend à Mystik, la médecine pour devenir son serviteur le plus dévoué possible. Ils grandirent ensemble et il l'aida à ramener des personnes pour des sacrifices et des expériences magiques. Il l'attache sur l'autel avec des chaînes, comme une victime. Mystik dit à son serviteur :

- Karto, je te remercie de me l'avoir amenée.

Il lui répond en faisant des signes avec ses mains.

- Oui, pourquoi pas, comme ça elle m'amène opale du serpent. Il ne me restera qu'à trouver le médaillon du dragon. Nous avons déjà la tablette des démons et l'opale du ciel. Regarde, je vais la transformer en serpent mythique.

Elle commença son rituel. Elle peint des symboles sur la jeune femme avec du sang de serpent et elle lui dépose une opale Welo sur son nombril. La pierre Welo brille de couleurs néon et elle a des motifs variés de couleurs différentes. En mettant cette pierre dans une transformation, les écrits du grimoire disent que ça donne un très grand pouvoir de camouflage et une grande force. Mystik marmonna dans la langue celtique *(gaélique écossais)* :

- Thusa a tha nad nathair nan opals, seall dhomh d' fhìor aghaidh air deamhan snàgail aig a bheil neart mòr.
(Traduction en français : Toi qui es le serpent des opales, montre-moi ton vrai visage de démon rampant dont la force est immense.) La jeune femme essayait de se débattre, mais ses poignets, de ses mains et ses pieds étaient entourés de métal solide. Elle ne pouvait pas crier, car elle était bâillonnée. Mystik lui dit :

- Il est trop tard, la transformation a commencé ! Et cesse de te débattre ! Bheir mo chumhachd pairilis dhut *(Traduction en français : Que mon pouvoir te paralyse.)*

Soudain, la jeune femme se débattit plus, comme si elle était figée. Mystik continua son incantation. Son pouvoir qui était en train de la transformer. Le corps commença à changer d'apparence. L'opale était en train de fondre sur tout le corps, comme une seconde peau. Après que toute la peau était imprégnée d'opale, l'épiderme se déchira, car elle était en train de muer. Ses bras rétrécissaient, jusqu'à ne plus les voir, autour des chaînes. Sa peau était devenue exuvie légèrement et devenue aussi solide que du diamant. Sa tête rétrécissait, laissant un magnifique visage de serpent. Toute la magie de Mystik avait opéré, elle était devenue un serpent magnifique qui agitait sa langue fourchue, ses yeux étaient bleus fluorescent. Sa peau était sombre avec des couleurs lumineuses, du bleu, du rouge et du violet toutes en petites tâches. Son corps était devenu un système de camouflage pour se cacher de ses proies. C'était impressionnant de voir une créature inimaginable. Elle lui donna un nom,Syptyr et elle lui ordonna d'aller chercher l'opale du serpent. Syptyr sort de la grotte en rampant vers la sortie et elle part dans la nature. Au même moment, Mystik demanda à Karto :

- Mon ami, je voulais te remercier d'être un serviteur fidèle. Nous allons bientôt arriver à notre but ; faire appel Draconia démone dragon. Elle est la gardienne des trésors antiques et maléfiques pour récupérer le grimoire des enfers. Haha ha, et comme ça nous serons immortels, car il détient des pouvoirs inimaginables. Je te laisse Karto et on se revoit quand la lune deviendra pleine pour trouver notre dernier élément. J'espère que Syptyr va réussir à la trouver opale. Elle a un pouvoir qui lui est lié à l'opale du serpent. Notre plan arrive à sa fin et nous serons le plus puissant. Mystik sortit de la grotte avec Karto et partirent tous les deux en prenant un chemin différent. Elle savait que la grotte serait protégée grâce à son sort illusion. Elle rentre chez elle en montant Venus où attendait Charl pour repartir à son domicile. Au même moment, Karto partit lui aussi à son domicile. Elle arriva et remarqua que Vaillant était là, donc que j'étais arrivé. Elle ouvrit la porte et dit à Charl :

- Je te remercie,Charl d'avoir gardé Kaïl. Comment il a été ?

- Il a été très sage. À force de t'attendre, il s'est endormi sur ton lit.

- D'accord, et Emrik? Il est arrivé, il devait être très fatigué de sa journée de travail. Il t'a posé la question où j'étais ?

- Oui, il m'a posé la question, je lui ai répondu que je ne savais pas !

- D'accord, je te remercie, mon ami. Je te laisse rentrer chez toi et repose-toi bien.

- Je te remercie, Mystik.

Charl repartit chez lui. Au même moment que Charl s'éloignait, Mystik part me rejoindre dans le lit et se mit contre moi. Ça m'avait réveillé, elle désirait avoir un rapprochement charnel que je lui ai donné. Le lendemain matin, je suis parti voir Vaillant pour lui donner à manger et un peu d'eau comme à Venus aussi. J'avais remarqué que la jument avait une boucle d'oreille de couleur rose accrochée à son oreille. En voyant cet objet, je suis parti poser la question à Mystik :

Bonjour Mystik as-tu vu ? Ça a été avec tes clients ?

- Bonjour Emrik, Oui, ça va, et toi ? Oui, ça a été un peu difficile, mais dans l'ensemble, ça se passe très bien.

Au moment que j'allais sortir de la pièce pour préparer vaillant, je lui dis :

- Excuse-moi, Mystik, j'ai remarqué, qu'il y a un objet au niveau de l'oreille de ta jument. Est-ce normal ?

- Oui, je lui ai mis un porte-bonheur ! Tu l'as vu, elle est très jolie avec sa boucle d'oreille ?

- Oui, elle est belle !

- Mais de toute façon, j'y pense, ça ne te regarde pas. Ce n'est pas ta jument.

- Oui, c'est vrai, je n'ai rien à te dire. De toute manière, je dois aller travailler ; à ce soir.

Je suis sorti préparé, vaillant et je suis parti travailler.

Quelques années passèrent. Je venais de livrer le chef du village d'Evia, j'étais reparti sur la route près du grand lac, quand j'entendis, soudainement, un cri d'animal blessé. Malgré le vent qui faisait danser les arbres, je dis à Vaillant :

- Arrête-toi, vaillant, je vais aller voir ce qu'il se passe !

Je tirai les reines vers moi et je descendis rapidement du chariot.

- Ne bouge pas mon ami, je reviens vite !

Je cours à travers les arbres, j'entends le cri se rapprocher de moi. Plus je m'avançais vers l'animal blessé, plus je m'éloignais de Vaillant jusqu'à ne plus le voir. Je voyais au loin l'animal blessé, c'était un cerf. Son pelage était blanc, comme la couleur du sable blanc de la plage autour du récif de l'île. Je remarque que c'était sa patte qui était bloquée dans un piège de braconnier. Il y avait plein de sang autour de la plaie, je remarquai que la blessure était très profonde et l'animal s'agitait énormément. Je lui dis :

- Reste tranquille ! Je ne te veux pas de mal. Ça fait plusieurs années que je passe par là, grand cerf, mais je ne t'avais jamais vu par ici. Je pense que tu devais chercher de l'eau ; moi, je voudrais trouver l'objet qui est tombé du ciel il y a quelques années au moment de l'aurore boréale verte. Je suis comme toi, je n'ai rien trouvé, à part toi, grand cerf des neiges. Je vais essayer de te retirer ce piège. Tout d'un coup, je réussis à écarter les lames du piège de métal pour libérer la patte. J'entendis un bruit entre les arbres, je vis une femme se cacher derrière un arbre et je lui dis :

- Bonjour, je suis venu aider cet animal, j'ai entendu son cri alors que j'étais dans le coin avec mon cheval.

Elle sortit de sa cachette et s'avança vers moi. Plus elle s'avançait, plus j'admirai sa beauté, elle était magnifique. Elle était vêtue d'une robe blanche qui lui arrivait aux genoux. Elle avait un décolleté, elle était brune avec des cheveux lisses et gracieux. Je me dis :

- Est-ce mon âme sœur ? Je ne pense pas que Dieu m'a envoyé cette femme, elle est magnifique, et surtout que je suis avec Mystik.

Elle arriva à ma hauteur quand elle me répondit :

- Bonjour, oui, j'ai vu !

Je l'ai vu s'approcher de l'animal, elle caressa son museau pour le rassurer avec grâce. J'ai remarqué que l'animal s'était calmé juste après la caresse qu'elle avait faite. Je lui ai posé la question :

- Comment avez-vous fait, pour qu'il se calme aussi rapidement ?

- Je suis une guérisseuse et je sais comment faire avec les animaux ! Peux-tu aller me chercher des herbes pour que je lui fasse un baume pour protéger sa patte ?

- Oui, bien sûr !

Je pars à quelques centaines de mètres dans les bois, vu que je ne connaissais qu'une plante à utiliser. J'avais trouvé des plantes médicinales que je sortais entre les arbres, je remarquai une lueur blanche qui venait autour de la bête et de la jeune femme. Je m'approchais discrètement de cette inconnue pour ne pas l'effrayer, quand je vis le miracle s'accomplir et je lui dis :

- Vous êtes !

J'étais stupéfait de voir la blessure disparaître. La jeune femme était surprise que je voie cette scène et elle me dit :

- Je suis désolé que vous ayez vu cela. Je suis un ange, mais il ne faut pas que vous le disiez à qui que ce soit, car ils vont me tuer, voire pire.

- Vous n'avez pas de crainte à avoir avec moi, votre secret sera bien gardé. Je vous cherchais depuis que je vous ai vu descendre de la montagne, telle une comète. Je viens chaque année, je pensais que c'était un objet, mais non, c'était vous. En plus, vous êtes magnifiquement belle. J'ai oublié de me présenter, je m'appelle Emrik et j'habite à Kindra près de la montagne. Votre lieu de vie, j'ai eu raison de suivre mon instinct et de venir dans le coin pour voir un ange magnifique.

- Merci de tous ses compliments, j'ai oublié de me présenter aussi, je m'appelle Enaya.

Plus je discutais avec elle, plus je ressentais des choses en commun. Comme si elle était liée depuis toute une vie, je me voyais en femme, ça m'avait intrigué. Comme dans un miroir. Je lui dis :

- Je suis enchanté,Enaya, mais je suis désolé, je dois repartir. J'étais ravi de t'avoir rencontré et je suis tombé sous ton charme ; vous êtes magnifique.

- Merci, moi aussi, j'étais ravi de t'avoir rencontré. Emrik pense qu'un jour, nous nous reverrons.

- Bien sûr, et si tu passes à Kindra, je t'accueillerai avec plaisir.

- Merci, Emrik toi aussi si tu passes par là.

- Je n'y manquerai pour rien au monde.

- Merci Emrik.

L'animal se releva et s'enfuit dans la forêt. Pendant ce temps, je m'éloignai dans la forêt pour récupérer Vaillant.

Je me rapprochais du chariot que j'apercevais tout en repensant à Enaya. Je me dis :

- Elle est vraiment magnifique. Je vais raconter cette histoire à Vaillant, mais il ne faut pas que je la raconte à tout le monde, surtout à Mystik.

Quelques mois passèrent, le soleil éblouissant rayonnait le ciel. Je suis parti dans le village de Kindra pour acheter du matériel. Je devais réparer les fuites de l'étable de Vaillant et celles de ma maison. Je suis parti de chez moi. J'ai remarqué qu'en restant chez Mystik, j'avais délaissé ma maison. Je sortis le matériel pour reboucher les fuites. Je remplaçais les planches pourries sur le toit de l'étable. Dès le travail fini, je suis reparti chez Mystik pour passer plus de temps avec elle et son fils. Je vois Mystik jouer avec Kaïl. J'essayais encore de tisser plus de lien avec son fils et avec Mystik pour mieux les connaître, même si ça faisait quelques années qu'on se voyait. Plus je discutais avec elle, plus je sentais que quelque chose n'allait pas. Comme si je devais faire attention. C'est peut-être cela que Vaillant avait ressenti la première fois qu'ils m'ont vu. Je sentais qu'elle me cachait quelque chose, mais quoi ?

Une semaine passe, je commençais un peu à la connaître, mais elle n'était pas démonstrative et me donnait très peu d'attention à mon égard, comme Lorka, mon ex-compagne.

Un soir, elle me demande de rester au foyer avec Kaïl sans savoir où elle allait et le lendemain, je lui ai posé des questions pendant une conversation :

- Où es-tu parti hier soir ? Tu étais parti aider des personnes âgées du village ?

- Ça ne te regarde pas, où je vais, car tu es mon invité. Ce n'est pas que nous avons une relation intime que tu dois savoir, mais fais et geste.

Ce soir-là, Mystik sortit comme certains soirs de pleine lune, les nuits dans les mêmes heures. Elle était arrivée sur le lieu où elle devait aller. Dans sa grotte dont on pouvait apercevoir la torche toujours illuminée, Mystik venait envoyer un sort de feu. Au fond de la grotte, une cage en bois nappée de sang rouge avec des morceaux de chair restant collés sur les barreaux. Un homme était attaché par une chaîne en fer à son pied. Karto qui l'avait attaché ici auparavant. Sa peau était pleine de boue. Il était bâillonné avec un vieux tissu. Il était mouillé dû à la salive. On pouvait entendre des petits cris de douleur qui sortaient de sa bouche, la peur le dominait.

Elle s'avança vers lui et demanda à Karto de lui lancer une boule de chiffon enveloppée d'un liquide noir. Une odeur de somnifère a fait dormir le prisonnier. Elle demanda à Karto :

- Sors-le, de la cage et retire-lui ses chaînes !

Il était endormi et inoffensif. Il ouvrit la porte et traîna son corps inerte sur le sol froid et glissant. Il le mit sur une table des sacrifices. On pouvait percevoir des symboles mystérieux gravés sur la surface de la table en pierre qu'elle avait créée grâce à son grimoire. Elle trempa son doigt dans un liquide vert, en dessinant des symboles celtiques sur le front. Alors que sur le long du corps de sa victime, des écritures d'une autre langue étaient rédigées. Elle récite dans une langue oubliée *(le grec)* les écrits qui étaient notés sur le grimoire :

- Esý pou eísai to poulí tis aiónias fotiás, deíxe mou to alithinó sou prósopo kai ti mystikistikí sou dýnami.

(Traduction en français : Toi qui es l'oiseau du feu éternel, montre-moi ton vrai visage et ta puissance mystique.) Tout d'un coup, le corps de l'homme diminua de taille. La peau devint des flammes ardentes. La victime s'était réveillée en souffrant dû au rétrécissement musculaire et des tissus ardents. Le visage se transforma en tête d'oiseau. L'épiderme de son corps se changea de forme en plumes enflammées. Pendant que la transformation se faisait, elle lui mit une bague au niveau de sa cheville. Elle avait rétréci de taille et que les doigts de pied prenaient une forme de griffes et étaient écaillés. La bague qu'elle avait mise est d'apparence rouge vif. C'était une bague de contrôle. Elle l'a mis sur son pouce droit avant de faire la transformation. Une sorcière puissante connaît l'importance de maîtriser et d'avoir une obéissance absolue sur ses victimes.

Des plumes ardentes poussèrent tout autour de son corps. Après la transformation finie, l'homme qui n'était plus est devenu un phénix de feu. Elle lui demanda de se poser sur un support en pierre, qu'il fit. Ensuite, elle lui demande devant Karto :

- Comment je vais t'appeler ? Ah oui, que dirais-tu de Fury ?

Il frotta ses plumes pour lui dire que ce prénom lui plaisait.

- Fury, pourrais-tu aller retrouver le médaillon du dragon ?
Il fit un cri pour dire oui et il prit son envol en direction de l'entrée de la grotte. Il laissa une traînée de chaleur derrière lui. Mystik dit à Karto :

- Mon ami, il faut qu'on attende maintenant. J'ai envoyé nos serviteurs pour trouver les deux éléments restants et à présent, partons. Ils repartirent toujours séparés vers leurs maisons respectives. Des heures se sont écoulées, avant que je l'aperçoive. Elle ouvrit la porte, elle me demanda comment ça s'était passé avec son fils, je lui ai répondu :

- Ça s'est très bien passé, nous avons joué et il s'est endormi. Et toi, où tu étais parti ?

- Moi, je suis parti voir un ami, mais il est parti.

- D'accord, et il s'appelle comment ?

- Ça ne te regarde pas, je te l'ai déjà dit. Si tu veux, la porte est grande ouverte.

Je restais avec elle, car j'avais des sentiments, mais je ne savais jamais si c'était réciproque.

Le lendemain, j'étais à mon travail comme chaque jour. Quand j'écoutais une conversation d'un groupe de trois personnes, ils étaient vêtus d'affaires sales avec des copeaux de bois et de poussière. Ils parlèrent entre eux, qu'il y avait énormément dans la région des disparitions d'hommes, de femmes et même d'animaux. Des créatures inconnues apparaissent dans la région, voire sur toute l'île. Je me suis dit comme eux, comme le chef du village Evia et d'autres villages :

- Ils ont raison, des choses se passent tout autour du village et dans les autres régions de l'île. J'ai entendu dire que c'est une sorcière avec de grands pouvoirs qui créait des monstres. Elle a un but inconnu et que personne ne l'a vu, je pense que ce ne sont que des rumeurs, c'est comme les démons. Pourtant, Enaya est un ange, donc les monstres, les sorcières, les démons existent vraiment sur l'île et peut-être au-delà ?

Pendant ce temps, Syptyr arriva en rampant près d'un temple gardé par quatre gardiens dans une jungle infestée de monstres en tout genre. L'opale du serpent l'attirait tel un aimant. Autour de cette vaste brousse épaisse, un bruit retentissait sur la surface de la rivière. Une cascade s'écoulait venant du grand lac pour alimenter le peuple en eau qui gardait l'opale du serpent dans le temple. Syptyr rampait à travers la jungle et remarqua la cascade. Il se laissa tomber dans l'eau avec énormément de courant jusqu'à tomber dans une grotte derrière la cascade. Une petite fille avec sa mère prenait de l'eau douce avec deux petites jarres en terre cuite. Syptyr voyait deux ennemies se glisser dans le petit lac. Le bruit de la chute camouflait son déplacement sous l'eau. Il s'approchait des deux habitats du village pour les attaquer, quand soudain, elles partirent voir d'autres habitants vers le village. Syptyr longea les profondeurs de la rivière qui l'amenait au temple. Il était en roche et très épaisse. Elle était sur plusieurs niveaux et piégée. Une créature en forme de fourmi s'attaquait aux gardiens qui étaient à l'entrée. L'accès à la porte était libre, Syptyr rampa rapidement sans faire de bruit. Il longea les murs de pierre sans se faire repérer. Il s'avança en faisant très attention. Syptyr passa au premier niveau, il rampa jusqu'au deuxième niveau. Il activa des pièges à fléchettes empoisonnées sans se faire toucher vu la hauteur du piège. Deux autres gardiens qui se tenaient tous deux de chaque côté du deuxième niveau de la pyramide entendirent le bruit du piège qui s'était activé. Au même moment, L'un d'entre eux se retourne et voit un serpent inconnu, et à la fraction de seconde, ils ne le voyaient plus. Syptyr avait la faculté de disparaître ou d'attaquer sa victime sans qu'elle soit vue, sa morsure fut fatale. Sa peau était aussi dure que le cristal, car c'était l'opale qui lui donnait sa caractéristique d'être presque invulnérable. Elle a aussi le pouvoir de dédoubler sa tête pour attaquer. Le garde dit à l'autre soldat dans la langue maya yucatèque :

(La conversation est traduite en français directement.)

- Octou t'a-t-il comme moi ?

- Je devrais voir quoi ?

- Je suis sûr d'avoir vu un serpent, mais il est différent des autres !

- Tu es sûr, car moi, je ne vois rien !

- Oui, j'en suis, le serpent était là !

- Un serpent ne s'est pas disparu !

- Oui, je le sais, mais là, je suis sûr que j'en ai vu un !

- Tu dois être fatigué à force de rester debout !

- Tu dois avoir raison ! C'est vrai, je suis un peu fatigué avec ses attaques pour protéger cette pierre précieuse. Mais je vais te faire voir où je l'ai vu.

- Si tu veux, Mocara ! S'il est vraiment là, il faudra prévenir Tylios qui garde la pierre au troisième niveau.

Pendant que le gardien se déplaçait pour lui faire montrer à l'autre garde où il avait vu le serpent.

- Octou ! Je l'ai vu par ici !

L'autre soldat se fait mordre à sa cuisse gauche et meurt sur le coup. Mocara regarda son ami tombé sur le mur puis au sur le sol. Le gardien part voir son ami et dit :

- Octou ! Octou réveille-toi !

Il remarqua une tache de couleur violette sur sa tunique blanche.

- Il faut que je prévienne Tylios pour alerter du danger !

Au moment qu'il se relève au-dessus de son ami et veut se retourner en direction du couloir pour alerter. Il se fait lui aussi mordre à son tour par Syptyr et tombe sur le sol. Deux autres gardiens en train de faire une ronde et qui finissaient tout juste de tuer la dernière créature qui avait réussi à se glisser au troisième niveau descendirent le long du couloir en pente. Ils entendirent la résonance du bruit de l'arme et du dernier corps tombé sur le sol. Ils accoururent jusqu'au même moment que Syptyr sortit de l'ombre pour les attaquer. Ils leur lancent des flèches, qui ne font que rebondir sur sa peau. Elle continua à ramper plus rapidement pour s'approcher de ses ennemies. Elle s'arrêta quelques secondes, sa peau se déchira au milieu de sa tête pour faire apparaître sa deuxième tête, les deux têtes n'étaient qu'une moitié l'une de l'autre. Au même moment, les soldats sortirent leurs épées pour essayer de l'arrêter. Syptyr se leva sur la hauteur de cinq mètres comme une position d'attaque de cobra. Les deux soldats, vu la capacité de Syptyr, prennent peur. Ils essayèrent de s'enfuir et c'était trop tard. Elle a ouvert les deux gueules de ses têtes, pour arracher les deux têtes des soldats. En quelques secondes, les crocs étaient implantés dans les crânes. Elle secoua ses têtes. La peau des deux têtes des gardiens se déchirait comme une feuille, laissant couler le sang qui se vidait sur le sol et créant une mare rouge. Syptyr repartit pour aller au troisième niveau où le dernier gardien restait à garder l'opale du serpent. Il arriva en mode camouflage. La pierre était exposée sur un autel formant un petit temple. Elle était en élévation grâce à un champ magnétique venant du ciel. Le dernier gardien était en train d'admirer les écritures et des dessins peints. Les ancêtres de cette tribu dessinaient sur ses murs pour raconter l'histoire de cette opale du serpent. Pendant que le gardien regarde les fresques et il se dit :

- Dommage que mon frère Emrik ne soit pas là pour voir ce beau spectacle, il doit me croire quand je dis que je suis dans la pyramide de Geris. Heureusement que le prêtre de la pyramide nous a demandé de déplacer la pierre précieuse. Les nombreux voleurs qui vont essayer de voler l'opale dans la pyramide vont être surpris, car elle est fausse.

Pendant ce temps que le dernier gardien se parlait tout seul, Syptyr ouvrit sa bouche et avala l'opale. Tout d'un coup, en avalant la pierre, elle activa le piège du temple. Des flammes sortirent du sol tout autour de l'autel. Vu son invincibilité, elle continua à ramper jusqu'à la sortie du temple. Le gardien remarqua le serpent à deux têtes repartir pour descendre les niveaux du temple. Il essaya de courir après elle avec une lance qui la lui jeta à chaque occasion. Syptyr était très rapide et son ennemie n'arrivait pas à la rattraper. Elle replongea dans la rivière sans se préoccuper des deux gardiens et de la population avec des fourches qui essayaient de la stopper. Ils suivirent la rivière sans la retrouver. Syptyr utilisa son camouflage pour se faufiler à travers la jungle. Elle rampa sur la falaise pour remonter et son chemin pour rapporter à sa maîtresse la pierre précieuse. Pendant ce temps, au village de Drak des créatures qui a été créé par Mystik, mangèrent les animaux et des femmes se baladant dans les bois la nuit.

Mystik me dit en criant avec de la sueur sur son front :

Peux-tu amener Kaïl chez ma mère ?

- Oui ! J'y vais tout de suite. Je l'ai pris et j'ai traversé un chemin entre plusieurs maisons du village en compagnie de Kaïl. Il était blond aux yeux bleus d'une couleur de l'océan. Enfin arrivé, je donnais à la mère de Mystik. Il avait peur pour sa mère, je le rassurai et je repartis près de

Mystik. Le travail avait déjà commencé, je lui pris la main en la soutenant. Elle me serra à chaque contraction la main. Jusqu'à ce que je voie une petite tête avec des cheveux noirs. Le médecin, avec d'autres personnes de son entourage médical, lui demanda de pousser. Les parois s'écartèrent pour sortir les épaules de l'enfant. Le médecin tira le bébé et me demanda de couper le cordon beylical à sa sortie. Elles lui tapaient les fesses de l'enfant pour qu'il puisse pleurer et respirer pour la première fois. Pendant qu'ils s'occupaient du bébé, je discutais avec Mystik et je lui dis :

- Comment veux-tu l'appeler ?

- Glasou !

- Ce n'est pas commun !

- Oui, tu as raison, c'est pour cela que j'ai choisi ce prénom. Peux-tu regarder sous ma robe et poser ta main sur mon ventre !

- D'accord, mais pourquoi tu veux que je pose ma main sur ton ventre ?

- Appuie fort !

Je distinguais des œufs sortir dans une poche de peau, ils sortirent des parois génitales de Mystik. À l'intérieur du sang rouge foncé. Le médecin me disait qu'elle avait eu beaucoup de chance, car elle pouvait faire une fausse couche. Il me faisait des signes pour que je comprenne et que c'était pour cela qu'elle avait des caillots de sang. Il me demanda de sortir, pour qu'il s'occupe de finir de soigner Mystik due à l'accouchement. Pendant ce temps, un homme entra dans la pièce où il y avait Mystik et le médecin. C'était le géniteur de Glasou.

Auparavant, j'avais fait une demande de mariage à Mystik, qu'elle avait acceptée. Mystik cacha directement la bague pour pas que le géniteur de Glasou sache qu'elle allait m'épouser. Ensuite, il repartit en lui disant :

- Si un jour, tu changes d'avis, je serai là pour notre fils et pour toi.

Quelques mois passèrent, Glasou et Kaïl grandirent en ma compagnie et celle de la mère. Elle continue de faire sa sorcellerie en secret dans sa grotte cachée par un sortilège. En attendant, ce sont deux serviteurs, Syptyr et Fury. Un soir, elle me demanda de garder les deux enfants. Je lui répondis :

- Oui, si tu veux, car tu vas voir des amis ?
- Oui, ça, des amis de longue date ! Tu l'es couché comme d'habitude.

- D'accord !

Ensuite, elle prend sa jument et elle partit retrouver Karto dans la grotte. Elle ressent la présence de Syptyr qui arrive en rampant jusqu'à l'autel. Elle se présenta devant sa maîtresse, elle ouvrit sa gueule et cracha l'opale du serpent. Mystik prit la pierre en admirant la couleur et se dit :

- Regarde, Karto comme elle est magnifique ? La délicate couleur de l'univers, et tu peux même voir le visage de

Draconia. Il ne nous reste qu'à attendre Fury. Syptyr, tu peux aller t'amuser, tu l'as bien mérité.

Karto ressentit une présence avec une force magique grandir petit à petit autour de Mystik. Il la regarda et lui fit des signes pour se faire comprendre. Qu'elle attende un enfant, donc il aura des pouvoirs supérieurs au sien. Elle lui dit :

- Oui, je le sens moi aussi, mon ami. Tu seras là pour m'aider à accoucher comme tu l'as toujours fait.

Il lui répond oui en hochant la tête. Entre-temps, Syptyr part de la grotte pour aller à Muria pour s'amuser. Pendant ce temps, Fury continua son voyage vers les plus hautes montagnes où un dragon de plusieurs années endormi l'attendait. Mystik et Karto partirent de la grotte pour retourner chez eux.

<u>Chapitre 7: La mort de la reine de Muria</u>

Deux années passèrent, dans la ville de Muria, la population hurla de douleur. Les cris retentirent autour des murs du château. Le roi Balou se mit à la fenêtre et regarda son peuple en pleurs. Des femmes en larmes sur le corps de leurs maris. Le roi inquiet dit à un soldat :
- Faites-moi venir Paddock !

- Bien nom seigneur !

Il est parti chercher Paddock qui se trouvait dans une caverne. L'alcool coulait à flots et des femmes un peu dénudées traînaient avec les soldats pour leurs plaisirs mutuels. Un régiment de trois soldats arriva devant Paddock qui avait trop bu et dit aux soldats :

- Bonjour messieurs ! Vous venez boire un coup et vous venez vous amuser avec moi ?

- Non, seigneur Paddock, le roi vous demande à la cour et c'est très urgent !

- J'arrive ! *(Il chancelait tout autour des tables avec un verre à la main droite.)*

Il se met à s'asseoir sur une chaise. En se levant de celle-ci, il tombe contre la table à côté de lui. Il reverse une cruche remplie de bière qui se cassa sur le sol en bois. Les soldats l'ont pris par les épaules pour le mettre dans un chariot et l'amener devant le roi. Au même moment, Percé entra avec Glenn en riant sur le moment par rapport à leurs après-midis de chasse. Les deux soldats déposent Paddock sur le sol. Le roi lui dit en voyant Paddock bourré et étalé dans la salle du trône :

- Paddock, vous venez devant moi dans cet état !

Le roi sentit l'odeur de l'alcool et vomit sur les chaussures du roi.

- Vous êtes alcoolisé, et de quel droit vous me salissez ? Dans ce cas, gardes, amenez-le dans des douves pour qu'il dessoûle ensuite. Dès qu'il se réveille, ramenez-le-moi propre pour que j'ai une discussion avec lui, et nettoyez-moi cela.

- Bien, mon roi, nous exécutons vos ordres !

- Euh ! Laissez-moi, il faut que je parle au roi ! Pardonnez-moi, mon seigneur !

- Allez viens, Paddock !

- Euh !

Ils le traînèrent sur le sol jusqu'aux douves, où il dégrisa jusqu'au lendemain.

Au même moment que les gardes sortent de la pièce. Le roi s'entretient avec son fils et Percé dans la pièce :

- Commandant Percé, pouvez-vous aller voir en ville ? Il se passe des choses sur la place du marché ? D'ici, nous entendons des pleurs de femmes, car je ne peux pas compter sur Paddock.

- J'y vais de ce pas, mon seigneur !

- Père, puis-je aller avec lui ?

- Non, Glenn, ce n'est pas la place d'un futur souverain.

- Oui, Glenn, ton père a raison, tu devrais rester là. De toute façon, je n'en ai pas pour longtemps.

- Père, mère, va bientôt rentrer, car elle me manque.

- Oui, normalement, elle devrait arriver ce soir.

- Super ! Je vais voir mère, j'espère que ça s'est bien passé, la visite du village Evia.

- Oui, mon fils, tu n'as rien à craindre. Nous n'avons pas d'ennemi dans ce village.

Glenn est déçu de ne pas être parti avec Percé, mais il était heureux de revoir sa mère la reine. Il part dans sa chambre pour se reposer et lire des livres. Pendant ce temps, Percé part voir la population en pleurs pour mener son enquête. Il se renseigna auprès des hommes qui ont ramassé le corps. Il leur posa des questions :

- Bonjour villageois, Pouvez-vous me dire ce qui s'est passé ?

- Bonjour mon général, nous avons retrouvé des hommes avec des os broyés, des morsures de serpent à plusieurs reprises et nous les avons mis dans nos chariots.

- Où avez-vous trouvé les corps de ses hommes ?

- Nous les avons trouvés près d'Evia sur un chemin, mon général !

- Si je vous demande de venir avec moi et de raconter ce que vous m'avez dit au roi ? Acceptez-vous ?

- Oui, mon seigneur.

Ils partirent voir le roi. Il était tracassé de ne pas savoir et d'être en attente de nouvelle de Percé. Le roi tournait autour de son trône. Soudain un garde ouvrit la porte de la salle du trône, le roi se rassit sur son siège et vit arriver Percé avec un marchand ambulant à ses côtés. Le roi leur demande :

- Percé, raconte-moi ! Que se passe-t-il et pourquoi m'amènes-tu ce marchand ?

- Mon roi, ce marchand a raconté quelque chose de grave, mon roi ! Il revenait du village d'Evia quand il a trouvé les corps de ses hommes.

- Quels hommes, Percé ? Et qu'est-ce qui leur est arrivé ?

- Ils ont tous été attaqués par un très gros serpent inconnu dont leurs os ont été broyés et de nombreuses morsures apparentes.

- Est-ce que c'est vrai, marchand ?

- Oui, mon roi !

- Percé prend une armée et va rejoindre la reine Maya. Elle doit être en danger, parce qu'elle est sur cette route avec une petite garde royale !

- Bien, mon roi ! Je pars sur-le-champ !

Quand Percé commença à s'avancer vers la sortie de la pièce, le roi l'arrêta et lui dit :

- N'en parle pas à Glenn pour qu'il ne s'inquiète pas !

- Oui, mon roi, je ne lui dirai rien.

Et Percé sortit de la salle du trône en laissant le roi avec le marchand.

- Garde !

- Oui, mon seigneur !

- Pouvez-vous lui donner un sac de dix pièces d'or.

- Bien, mon seigneur, ça sera fait !

Quelques minutes passèrent quand le garde ramena le sac et le tant de la main droite au marchand.

- Merci mon roi.

- Bien, bien, vous pouvez me laisser.

- Merci encore, mon roi.

Le marchand sortit de la salle du trône. Pendant ce temps, à quelques heures du château, un chariot en bois transportait la reine avec six gardes royaux bien armés d'épées. Ils trottaient sur le chemin, au même moment la reine posa une question au cocher :

- Fulbert !

- Oui, ma reine !

- Il nous reste combien de temps pour arriver au château ?

- Il nous reste à peine quelques heures !

- Fort bien, car j'ai hâte de voir mon fils et mon mari !

Elle se met à avoir des pensées et se dit :

- Glenn, ne t'inquiète pas, maman arrive bien tôt !

Ils étaient entourés d'arbres touffus de feuillages. Ils passèrent devant le panneau intersection et ils prirent la direction de Muria. Quand soudain un soldat sur son cheval à l'arrière du chariot disparaît, en laissant son cheval continuer seul le chemin. Les autres soldats ne remarquèrent pas son absence, puis un deuxième autre cavalier se fait attraper par Syptyr. L'un des gardes était un gradé et demande de s'arrêter. Le convoi s'arrêta, le gradé dit :

- Il faut que nous nous reposions et donnions à boire aux chevaux.

Le soldat gradé remarque qu'il manque deux soldats et qu'il reste que leurs montures.

- Soldat, l'un d'entre vous va voir dans le sens inverse pour voir si on retrouve les deux soldats qui sont tombés de leurs montures !

- Fort bien, sergent !

- Qu'est-ce qui se passe, sergent ?

- Ma reine, reste enfermée dans le carrosse, car nous sommes attaqués par un ennemi inconnu. Il nous manque deux gardes, Votre Majesté.

- Mack !

- Oui, sergent !

- Prends ton cheval et galope le plus vite possible au château, avertis le roi que nous nous faisons attaquer.

- J'y vais tout de suite !

Le soldat prit son cheval et commença à galoper en direction du château.

Un des trois soldats prend le chemin au sens inverse comme le sergent lui avait ordonné pour savoir où se trouvent les deux soldats disparus. Il appelle les soldats, pas par leurs prénoms, sans réponse. Soudain, il entend derrière lui un grand boom sur le sol, il tire les rênes vers la droite pour que le cheval tourne sur lui-même. Il prit peur de voir ce qu'il reste du soldat. Il aperçut les os dépassant du corps, comme s'ils avaient été broyés par une force phénoménale. Le métal de l'armure était écrasé comme s'il s'était mis entre deux étaux. Effrayé, il partit donner l'alerter aux autres soldats de partir le plus vite possible et de protéger la reine.

- Soldat, va voir l'éclaireur et peux-tu lui dire que nous allons repartir rapidement au château !

Le dernier soldat restant, parti voir l'éclaireur, se fait attaquer par un très gros serpent avec plein de couleurs tout autour de sa peau. Il demande au sergent de faire repartir rapidement le convoi, car Sa Majesté était en danger. La reine était effrayée de ne pas savoir ce qui se passe. Elle demanda au soldat restant :

- Que se passe-t-il ?

- Reste à l'intérieur et surtout ne sors pas du carrosse, ma reine !

- Très bien !

Elle écouta les ordres du sergent, quand soudain le dernier soldat tomba du cheval en raison des deux morsures du serpent. Le sergent sort son épée pour essayer de tuer cette créature. Il donna un coup sur le cheval dont le cocher avait les rênes.

- Adieu ma reine !

Le cheval se mit à galoper avec la reine dans le carrosse et le cocher qui tenait les rennes. Le sergent voit le chariot s'éloigner et se dit que c'est son dernier coup qu'il pourra donner sur cette créature avant de mourir. Il donne un coup d'épée sur la peau du serpent qui a fait rebondir la lame. Il se posa la question :

- Comment tuer cette chose.

Le sergent se fait étreindre par le serpent et ce faisant briser les os sous des atroces cris que la reine entend au loin. Elle était effrayée quand elle entendit un choc sur le chariot. C'était le sergent qui a été projeté sur le côté droit du chariot qui a créé une brèche dans le bois du carrosse.

Il resta plus que le cocher qui continua le chemin, les rênes à la main et dit à la reine :
- Ma reine, il ne reste plus que nous ! J'espère que le soldat a réussi à arriver au château pour prévenir le roi et que le général Percé arrivera avec une armée pour nous sauver.

Au même moment que la reine allait répondre, Syptyr mordit le coché et il tomba sur le sol.

- C'est impossible ! Une telle créature aille aussi vite et qui soit déjà là !

Le chariot roulant à vive allure roula sur le corps du cocher, faisant soulever la roue. Le carrosse dévia de la trajectoire. Quand soudain le chariot se mit à se pencher sur le côté gauche pour se retrouver retourné la fenêtre sur le sol. Le cheval galopait avec le carrosse qui glissait à grande vitesse.

La reine, terrorisée par toutes ses secousses, elle se redressa dans le carrosse et sortit un poignard attaché à sa cuisse droite pour se protéger. Syptyr arriva par la fenêtre vers le haut du chariot. Il sortit ses deux têtes délicatement comme s'il voulait prendre son temps. La reine lui donne un coup de poignard désespéré, qui fait rebondir la pointe du poignard sur la peau, et elle se fait mordre à plusieurs reprises. Le cheval s'arrêta de galoper dû à la fatigue. Au loin, Percé arriva sur place. Le soldat qui avait croisé Percé auparavant l'avait prévenu d'un danger pour la reine. Sur place, il remarqua qu'il n'y avait plus la présence des gardes ni de leurs chevaux. Il voit le carrosse qui accompagnait la reine se retourner sur le sol avec le cheval tirant, désespérément fatigué. Il aperçoit, en s'approchant, un corps dont les os avaient percé la chair. Percé ordonna de rechercher les survivants aux alentours et il demanda à d'autres soldats de relever le carrosse. Ils le remettent debout. Percé ouvrit la porte et regarda le corps de la reine tombé vers lui. Elle avait le poignard dans la main fermée et crispée. Il remarqua sur son cou et son corps plusieurs morsures de serpent dont le venin était tout frais, des blessures délicatement de couleur jaune pâle. Les morsures étaient très distantes entre elles, il se posa la question :

- Quel serpent peut avoir de telles morsures, comme s'ils étaient deux, voire plusieurs, à l'avoir attaqué avec une telle agressivité ?

Percé sortit de ses pensées et exigea d'un messager d'aller au château prévenir le roi, sans savoir si le danger était écarté. Le messager à peine prit son cheval pour une centaine de mètres qui se fait attaquer par Syptyr. Percé l'aperçoit, la créature broie les os du messager. Il s'entortillait autour de lui et il l'attrapa avec ses crocs. Il le projeta dans les arbres en le secouant comme un vulgaire jouet. Tout d'un coup, voyant cette horreur, quatre des soldats du groupe s'attaquèrent à Syptyr. Ils remarquent que leurs armes ne lui font rien, à part rebondir sur sa peau. Un des soldats se fait mordre à plusieurs reprises.

Percé décide de s'attaquer à Syptyr lui-même. Il sortit son épée de son fourreau, une lumière se reflétait sur la lame.

Il se consentit et il chuchota à son épée.

- Alsayf allaamie yamnahuni quatak litadmir hadha alwahsh *(traduction : Épée étincelante, prête-moi ton pouvoir pour détruire ce monstre).*

Son épée se mit à murmurer à son porteur :

- 'uqadim lak quati birsih *(traduction : Je t'offre mon pouvoir Percé)*

L'épée changea, une lumière scintilla sur la lame et lui changea sa structure. Plus la lumière se dissipait, plus l'apparition de la lame se faisait découvrir. Une fumée glaciale sortit du métal, la couleur de l'épée était devenue un bleu glacial. Syptyr prépara son attaque en séparant sa tête en deux. Il lance son attaque sur Percé. Il esquiva l'attaque. Au même moment de l'esquive, Syptyr se met à enrouler Percé pour qu'il ne lance pas une attaque. Percé remarqua ce qu'elle voulait faire. Il trouva le bon moment quand elle s'approcha de lui. Il donna un coup d'épée qui trancha une des deux têtes en la givrant. La tête de Syptyr tomba sur le sol et se brisa comme du cristal. Elle cria de douleur, elle ne s'imaginait pas tomber sur un adversaire qui pourrait la tuer. Elle se leva en l'air tel un arbre pour attaquer Percé. Elle lui crache du venin sur Percé qui avait fait fondre une épaulette du côté gauche. Tout d'un coup, Syptyr tomba sur le sol, car Percé lui avait tranché d'un coup d'épée une partie de son corps. La plaie que l'épée lui avait faite laissa des cristaux tout autour. Syptyr ne s'avouant pas vaincu, elle continua à attaquer jusqu'à ce que Percé lui trancha la deuxième tête et retrancha le corps de Syptyr en plusieurs morceaux. Il remercia son épée de lui avoir donné sa force et la rangea dans son fourreau. Les morceaux de Syptyr faisaient des mouvements de gauche à droite. Les soldats attaquaient ensuite les morceaux du monstre, quand Percé leur dit :

- C'était son dernier souffle, laissez-lui sa fin de vie. Après quelques secondes, ils arrêteront de bouger ! Soldat !

- Oui, mon général !

- Prenez les morceaux du serpent et les corps des soldats pour les amener au château. Moi, je prends le carrosse de la reine et attache mon cheval aux boues pour que je puisse la transporter dignement.

- Bien mon général !

Percé va voir la reine, il regarda le corps inerte et il était bouleversé de voir la reine dans ces conditions. Il prit sa main, il la lui posa sur ses yeux ouverts pour les refermer. Il lui dit :

- Je suis désolé de ne pas être venu tôt pour sauver Votre Majesté. Vous n'aviez aucune chance contre cette créature. Moi non plus, si je n'avais pas eu l'épée des dieux qui m'a été confiée, je serais comme vous, mort ! Maintenant, ma reine, reposez-vous en paix, je serai là pour protéger votre fils et votre mari, je vous en fais le serment !

Il allongea le corps de la reine le long du siège. Il détacha sa longue cape pour la recouvrir et pour lui faire hommage de sa loyauté.

Percé envoya un messager à la rencontre du roi pour l'annonce de la mort de la reine. Il arrêta le carrosse et il alla cueillir des fleurs le long du chemin. Il déposa sur le ventre de la reine.

C'était un bouquet de fleurs blanches. Au château, le roi était inquiet pour sa femme. Quand un messager arriva au bout de quelques heures et dit au roi :

- Faites entrer le messager !

Il entra sous l'ordre du roi dans la salle du trône et le roi lui dit :

- Donne-moi de bonnes nouvelles ?

- Je suis désolée, votre Majesté, la reine est morte !

- Impossible, pas ma reine !

Le roi s'écroula sur le carrelage à genoux et à quatre pattes en larmes. Au même moment, Glenn vient voir son père pour avoir des nouvelles de sa mère, quand il voit son père pour la première fois sur le sol en pleurs. Il avait compris que sa mère ne reviendrait pas et repartit en larmes lui aussi de la salle du trône en disant :

- Non, c'est impossible ! Pas ma mère !

Il part dans sa chambre en pleurant. Une servante du roi descendit annoncer la mauvaise nouvelle, aux commerçants dont elle devait acheter de la marchandise pour le roi. Les nouvelles traversèrent très vite les murs du château pour aller vers les villages extérieurs. Il y avait une grosse partie de la population en pleurs, car il adorait la reine. Quelques heures passèrent, quand Percé arriva avec le corps de la reine dans le carrosse. Tout le peuple du château et ses alentours baissa tous ses yeux vers le sol. Aucun bruit ne retentissait au passage de Percé. Le chariot traversa en silence un couloir faisant des kilomètres jusqu'au château pour le décès de la reine. Il arriva devant le château quand un son retentit des trompettes de la garde royale de l'arrivée de la reine. Quand Percé distingua le roi, il descendit du carrosse et s'avança vers le roi et lui dit :

- Mon roi, je suis désolé pour la reine, je suis arrivé trop tard. J'ai réussi à tuer cette créature, mais il en sort de nouveau chaque jour et de plus en plus puissant !

- Laissez-moi Percé, je dois faire mon deuil !

- Fort bien, mon roi !

- Je dois lui offrir un enterrement digne de son rang. Demain, je vais enterrer ma femme, ensuite, on discutera de tout ça.

- Bien, mon seigneur, vous avez raison.

Percé partit avec Raven pour le nourrir, quand le roi lui dit :

- Percé !

- Oui, mon seigneur !

- Merci d'être aussi vaillant et de m'avoir ramené le corps de ma femme dignement. Tu l'as respectée comme elle a toujours fait pour toi. Merci encore !

- C'était normal, mon seigneur, c'était une reine formidable et elle restera dans notre cœur à tous.

- Oui Percé, tu as raison.
Percé repartit avec son cheval pour s'en occuper dans l'écurie royale.

Le lendemain, le roi fait appel au peuple de Muria pour assister à l'enterrement de la reine. Le peuple était nombreux. Ils avaient répondu à la demande du roi pour cet évènement. Le roi a rassemblé toute l'armée sur une plaine, où un grand chêne était planté. Il y a sept cent cinquante ans. Il représenta, pour le peuple de Muria et le roi, l'arbre de vie ; il ordonna de creuser un trou autour de l'arbre. Un prêtre était près du roi et il se met devant la fosse. Où les soldats amènent le cercueil de la reine dans un couloir protégé par la garde royale bien armée. Les habitants qui assistaient à la cérémonie jetèrent sur le chemin du cercueil des pétales de fleurs violettes. Les pétales de cette fleur avaient la caractéristique de s'illuminer la nuit, pour que la reine ne rentre pas dans les ténèbres pendant son voyage vers Dieu. Ils déposèrent le cercueil dans le trou à l'aide de cordes. Ensuite, le prêtre commença à faire une prière :

- Dieu qui protège votre peuple, vos enfants, protège cette femme tuée par le malin. Cette reine dont la bonté était sans pareil, dont la gentillesse envers le peuple était très grande et envers les enfants de Dieu était très importante pour elle. Je vous demande, seigneur, de protégé la reine Maya. Amène.

Le roi en larmes parla à l'assemblée présente. Il déposa une rose blanche, qui était la rose préférée de la reine :

- Ma reine, je suis désolé de n'avoir pas été là pour vous sauver. Je me rappelle notre première rencontre. Vous étiez près de la rivière du grand lac. Quand soudainement un ours s'est approché pour aller boire. Au même moment, il vous a vu et il voulait vous tuer en fonçant sur vous. Au même moment, je suis intervenu avec mon épée pour vous protéger. Face à cet ours menaçant, qui me blessa d'un coup de griffe au ventre. Ensuite, il a pris la fuite, car il avait entendu au loin les chiens royaux. Vous m'aviez vu, mon corps allongé sur un tapis de fleurs blanches, je regardais votre doux visage. Vous étiez magnifique dans votre robe bleu ciel. Tel que le majestueux papillon morpho dont les couleurs sont éblouissantes et moi, un simple jeune roi blessé. Vous aviez essayé, tant bien que mal, d'arrêter le saignement en déchirant des morceaux de votre robe pour des lambeaux. La blessure était profonde, et c'est à ce moment-là que j'ai su que vous étiez ma future reine. Vous étiez la femme de ma vie, mais là, je m'en veux de n'avoir pas été présent pour vous sauver. Vous êtes ma femme, ma reine et vous le serez toujours dans mon cœur. Je voulais que vous reposiez en paix, près de cet arbre symbole de la vie. Adieu ma reine.

Au même moment, Glenn se mit à pleurer et fit une promesse à sa mère qui détruirait toutes les créatures maléfiques sur cette terre. Les villageois présents à cette cérémonie passèrent tous devant la tombe de la reine et lancèrent sur le cercueil des roses blanches. Au même moment, loin du village de Muria à proximité des montagnes du grand Nord, un phénix avait du mal à avancer, car le vent soufflait fort avec de la neige. Soudain une grosse rafale l'avait poussé contre les parois en roche d'une montagne enneigée. Fury tomba dans la neige. Les flammes qui le protègent s'éteignent. À côté de sa chute, il distingue dans ce vent un trou dans la roche. En marchant à contresens du vent, il entra dans la crevasse pour attendre que le vent s'arrête de souffler. Pour se réchauffer, Fury augmente la température de son corps. Tout d'un coup, le feu s'enflamme de plus belle autour de sa peau. Ses plumes changèrent de couleur ; elle était devenue bleue pour prendre sa capacité de phénix de glace et reprendre son voyage. Mystik n'avait pas seulement créé un simple phénix, mais un oiseau avec de nombreuses compétences à changer d'élément naturel. Il lui reste quelques mètres à faire. Il sortit de la crevasse dans la montagne et il vola de plus belle pour arriver devant la grotte. La grotte était de glace, des stalactites en pointe coulaient des gouttes d'eau qui formaient des petites colonnes. Il devait chercher dans cet endroit le magnifique médaillon du dragon. Fury vola de cavité en cavité. La lumière de ses flammes se reflétait sur les murs de glace quand il entendit un bruit de ronflement. Il s'est dit :

- C'est par ici !

Il suivit le bruit jusqu'à distinguer le dragon de glace. Il était immense avec des écailles de glace. Il était recroquevillé sur lui-même. Tout autour de lui, des guerriers et même des sorcières gelées qui voulaient voler l'objet convoité. Les corps ressemblaient à des statues avec des projections de glaces. Tel un musée rien que pour le dragon qui dormait. Autour de ce paysage gelé, il aperçoit le médaillon enroulé par le dragon comme s'il protégeait son œuf. Soudainement, le dragon sentit la présence de Fury et se réveilla en gardant sous sa patte le médaillon. L'objet mystérieux était prêt, un œuf de dragon. Il grogna pour montrer sa présence et poursuivit Fury. Le dragon pensait que Fury voulait manger son œuf tel un prédateur. Il ouvrit ses grandes ailes pour poursuivre Fury. Ils traversèrent plusieurs cavités en crachant de la glace. Vu que Fury est plus petit, il passa entre les stalagmites et les stalactites. La glace s'était formée avec le temps une très grosse épaisseur, Fury changea pour devenir un phénix de feu et il augmenta la température de son corps. La chaleur était assez intense pour faire fondre la glace, avant qu'elle soit face à lui. Il prépara un piège pour que le dragon tombe dedans. La créature mythique essaya de suivre Fury en passant en force dans les petits trous que Fury avait créés pour la piéger. Tout d'un coup, il cassa une petite partie de glace avec sa tête et resta coincé entre deux parois de glace. Il se débattait pour essayer de sortir de ce piège, qui permettra à Fury de retourner vers le médaillon. Il prit le médaillon en vol avec ses griffes qui brillait près de l'œuf sur le sol froid et repartit en laissant le dragon coincé dans la glace. Jusqu'au moment où le dragon réussit à s'en échapper, puis il repartit voir son œuf pour le protéger. Le voyant intact, il se recroqueville dessus, laissant partir Fury. Il repartit de la grotte en direction de sa maîtresse en se servant du vent pour gagner du temps d'envol. Au village Kindra, je m'occupais de Glasou et Kaïl et Mystik arriva plus tôt que d'habitude. Elle était toute heureuse, comme si elle avait une bonne nouvelle à m'annoncer, elle me dit au moment qu'elle entra :

- Emrik, je suis enceinte !

- C'est une bonne nouvelle, nous pensions que tu ne pouvais plus tomber enceinte ?

- Oui, je le sais. Tu ne sais pas, ça sera une fille !

- Comment tu peux le savoir ?

- Je le sens en moi.

- Super, une fille. Que dirais-tu de l'appeler Léana.

- Oui, pourquoi pas. Léana est un très joli prénom pour une fille.

- Alors ça sera Léana !

Chapitre 8: La création de la chimère

Huit mois et demi passèrent, alors que moi, j'étais au travail, Mystik était avec ses enfants et Charl mangeait dans sa maison. Quand elle sentit un liquide longer ses jambes, elle lui dit :

- Va chercher le soigneur, le travail va commencer.

Il est parti en courant chercher Karto avec deux sages-femmes. Ils arrivèrent sur place, Mystik était en train accoucher dans la pièce et elle dit à Charl :

- Va chercher Emrik, il doit être dans les bois.

- J'y vais !

Il prit la jument qui était dans l'étable et prit le chemin pour venir à ma rencontre. J'étais en train de couper un chêne pour un client du village de Dark. Charl galope sur un chemin de terre, quand il m'aperçoit. Au même moment, un arbre tombait à l'opposé de Charl qui faisait des vibrations sur le sol. Il me dit :

- Dépêche-toi, Mystik va accoucher !

- Laisse-moi le temps de te détacher, Vaillant, as-tu appelé le soigneur.

- Oui, je l'ai prévenu et même qu'il est déjà avec Mystik.

- Part devant t'occuper des enfants.

- Ok, j'y vais.

Pendant qu'il retournait voir les enfants, j'étais en train de détacher les sangles du chariot pour libérer Vaillant. Toutes ces années à travailler, il a pris du muscle et il peut courir deux fois plus vite qu'un cheval avec une allure normale. Je lui mets son tapis marron sur son dos et ensuite, je lui dis :

- Mon ami, je sais que tu as l'habitude de travailler, mais là, j'ai besoin de toi. Pourrais-tu courir comme jamais pour que j'aille assister à l'accouchement de ma fille.

- Huuuu !

- Merci mon ami.

Je monte sur son dos en mettant le pied gauche dans l'étrier. Je tenais les rênes et nous nous partions rapidement. Il galopa à une très grande vitesse. Je ne l'avais jamais vu courir aussi vite. Nous avons gagné du temps, car nous étions arrivés chez Mystik en juste quelques heures. Elle était en train de pousser. Je descendis de Vaillant rapidement et j'accrochai les rênes au poteau. J'entendis les cris de douleur de Mystik. J'entre dans la pièce où je la vois en souffrance. Elle avait des gouttelettes sur le front, la douleur était intense. Je lui ai tenu la main et je lui ai dit de pousser quand une des deux sages-femmes nous a dit :

- Poussez encore, je vois la tête !

- Vas-y pousse encore Mystik.

- Je voudrais bien te voir, hi hi ha….

- Ça y est, la tête est sortie, il ne reste plus que les épaules à sortir, allez pousser !

- Mystik pousse !

- Hi hi ha….

- La voilà, elle est là.

- Comme elle est belle notre fille.

Le bébé se mit à pleurer, la sage-femme déposa la petite Léana sur sa mère. Elle était brune, comme ses parents, sauf que Mystik ressentait son pouvoir magique. Maintenant, ça ferait trois enfants dans la maison, Kaïl, Glasou et Léana. Il n'y a que les filles descendant de sorcières qui ont des pouvoirs. Trois jours passèrent, Mystik et Karto arrivèrent dans la grotte, car Fury était arrivé. Il déposa délicatement, en le relâchant sur le plateau en pierre, le médaillon du dragon pour donner à sa maîtresse Mystik. Le médaillon représentait bien les deux dragons. Elle remercie Fury de l'avoir apportée et lui demande de partir où il voulait, comme elle n'avait plus besoin de ses services. Fury partit librement vers le nord-ouest en direction de la pyramide Geris, en raison de la grande température qu'elle dégageait, et la bague de rappel se cassa. Pendant ce temps, Mystik avec Karto prépara la cérémonie pour faire appel au grand pouvoir de Draconia la démone dragon. Elle s'enveloppa de sa cape de rituel et commença l'incantation. Elle me mettait tous les éléments en place sur la tablette et récitait la formule en latin pour faire venir la démone :

- Draconia te rogo ut coram me videas ut des votum meum. *(Traduction en français : Toi, Draconia, je te demande d'apparaître devant moi pour exaucer mon vœu.)*

Quand soudain deux petites lumières aveuglantes sortant des deux pierres montèrent tout d'eux au-dessus du médaillon. Ils touchèrent le cœur du bijou. Tout d'un coup, une lumière bleue sortant de la pierre centrale du médaillon monte vers le plafond de la grotte et se divise en deux. Elle se fixa pendant une fraction de seconde pour aller en direction d'une paroi et ils tournèrent d'en haut vers le bas, formant un grand cercle. Un portail se créa devant eux. Une fumée épaisse entourait la sortie du passage. Ils entendirent des bruits comme des grognements venant du tunnel. Tout d'un coup, une tête de dragon aux yeux rouges sortit du portail, ensuite des pas se retentirent, résonnant dans la grotte. La démone dragon sortit de la porte qui a été créée. Une plus grosse épaisse fumée s'envola dans toute la grotte qui commençait à envahir au fur et à mesure toutes les galeries. Son apparition faisait peur à Karto même à glacer son corps ; il ne pouvait faire aucun geste, comme si tout son être était devenu une statue. Elle était très grande, de couleur grise, mesurant deux mètres cinquante. Ses bras étaient des dragons bougeant de tous les côtés ; dans son dos, deux grandes ailes de dragons très souples étaient pliées. Elle avait des yeux jaunes, sur son front deux cornes principales et plusieurs plus petites formant une couronne. Draconia posa une question à Mystik :

- Pourquoi, petite humaine, m'as-tu appelé et quel est ton souhait ?

- Je t'ai appelé Draconia, car je voudrais que tu m'offres le grimoire des enfers !

- Tu veux le grimoire des enfers ? Pour une humaine, tu es courageuse, parce qu'il y a des sorts très dangereux. Même tes animaux mystiques que tu as créés ne feront pas le poids devant eux. Accepteras-tu toujours le grimoire ?

- Oui, je veux ce grimoire !

– Comment as-tu connu l'existence de grimoires ?

- Mon ancien maître m'a dit qu'il y avait un grimoire plus puissant. Il s'appelait le grimoire des enfers, mais il fallait avoir la tablette démoniaque et avoir trois éléments. La tablette en pierre et les trois bijoux seraient sur une île qui n'est sur aucune carte. L'océan qui l'entourait était infranchissable et s'appelait Ozaggu. Je me suis lancé à la recherche de cette île et je me suis échoué et tout l'équipage qui m'entourait est mort sur cet océan à cause des monstres marins qui sont dans ses eaux profondes. Maintenant, tu sais pourquoi et où j'ai eu cette information sur son existence.

- Je pense que ton ancien maître t'a dit les sacrifices pour avoir un tel grimoire en échange ?

- Oui, il m'en a parlé !

- Je dois prendre une âme humaine en échange qui est proche du demandeur du livre ?

- L'âme de mes enfants, je ne veux pas te la donner, mais en échange, je peux t' offrir une autre âme ! Prends celle de Karto !

- Marché conclu ! Tu veux que je prenne celle de ton ami !

- Oui !

Tout à coup, sans aucun égard, Draconia attrapa avec ses deux bras, les deux côtés du corps en le croquant de Karto. Il entendit ses os craquer. Karto ne pouvait plus rien faire, il n'avait pas du tout compris ce qu'il se passait. Il était terrorisé et les larmes coulaient sur son visage de douleur et de peur de mourir. Draconia lança de ses yeux un faisceau lumineux découpant le visage de sa victime en deux jusqu'en bas du corps, une lueur blanche sortit du corps. C'était l'image de son âme. D'un coup, Draconia ouvrit sa bouche et d'un souffle d'inspiration, elle absorba l'âme de Karto. Ensuite, elle repart dans le tunnel cherché dans son monde un coffre de couleur grise avec une face gravée d'un dragon.

Sur les côtés, en haut dessus des pieds, une tête de la même créature, et la porte qui s'ouvrait par le haut, un dragon couché avec ses ailes levées. Draconia lui dit :

- Petite humaine, fais attention avec ce grimoire, car il t'apportera l'enfer si tu l'utilises trop souvent ainsi. Je reviendrai le reprendre et ton âme avec !

- Fort bien Draconia ! J'éviterai que tu me prennes mon âme !

Soudainement, elle repartit définitivement dans son monde en refermant le portail derrière elle. Les opales sont devenues de vulgaires pierres ordinaires, le médaillon avait fondu, laissant une flaque de métal froid briser la tablette en plusieurs morceaux. Mystik partit voir le cadavre de Karto et lui dit :

- Je suis désolé Karto, je ne pouvais faire appel qu'une seule fois pour avoir ce que je voulais. Je sais que je me suis servie de toi, mais maintenant, tu es dans un monde meilleur. Dans mon monde.

Elle partit voir le coffre et elle l'ouvrit. Elle distingue le grimoire. Il était en peau de démon de couleur rouge, avec des symboles mystiques. Mystik ouvrit le livre et feuilleta les pages. Elles étaient en peau humaine très fine, dont on pouvait voir des écritures celtiques avec illustrations démoniaques. Elle lit comment créer une chimère, un dragon divin et plein d'autres monstres. Elle pouvait même faire appel à des démons. C'était le seul grimoire qui pouvait faire appel et créer de telles créatures. Elle était en train de lire une formule qui lui permit de fusionner son esprit avec le grimoire pour qu'elle l'utilise sans l'avoir avec elle. Elle utilisa une formule magique du grimoire pour détruire le corps de Karto. Ensuite, elle repartit chez elle pour s'occuper des enfants avec moi.

Deux années passèrent, Mystik continuait à retourner à la grotte, mais un jour, quand j'étais parti travailler avec Vaillant pour livrer un client dans le centre du village. Un villageois me posa la question si j'avais revu le soigneur Karto et je lui répondis :
- Non, ça faisait deux ans que je ne l'avais pas revu depuis l'accouchement de Léana. Pourquoi maintenant, vous me demandez où il se trouve ?

- Car une infirmière n'a cessé de le rechercher, sans succès. Elle s'est même renseignée dans d'autres villages.

- Je ne savais pas. Peut-être s'est-il fait tuer par ses monstres qui vivent la nuit. Là, je ne sais pas vous aider !

- Désolé de vous avoir dérangé, monsieur.

- C'est moi, car je ne peux pas vous aider, et j'en suis désolé.

- Merci et bonne journée ! Je vais essayer de continuer à me renseigner !

Après cette conversation, je suis reparti avec Vaillant voir ma future femme. La nuit arriva, Mystik chercha une personne pour faire une expérience de ses nouveaux pouvoirs. Elle maîtrisait parfaitement sa nouvelle magie. Elle aperçut une personne qui pêchait près d'une rivière, quand elle lança son sort. Il se transforma en ours affamé de chair humaine avec une férocité. Quand il s'est avancé vers elle pour l'attaquer, Mystik le fait exploser d'un claquement de doigt. Elle se dit :

- Si j'avais su qu'il voulait me dévorer, je n'aurais jamais dû tester sur cet homme. Je recommencerai demain en essayant de créer une chimère. Pour cela, il va me falloir la bague d'obéissance.

Elle prenait son temps pour trouver la personne idéale. Elle a eu une idée :

- Pourquoi pas prendre une personne qui connaît les bois comme sa poche, je pense à un bûcheron, pas Emrik mais une autre personne. Je vais aller voir dans les bois pour me promener et trouver ma cible.

Le lendemain, elle part sur le chemin avec Venus, sa jument, près des bois, assez loin de mon travail. Quand subitement, elle trouve une personne qui coupait un arbre millénaire, alors que dans la région, personne n'a le droit, car c'est puni par la loi. C'est considéré comme du braconnage et elle se dit :

- Cette personne est la personne idéale pour créer mon chef-d'œuvre, il doit connaître les bois comme sa poche. Je vais le suivre ! La personne repartit avec des morceaux d'arbre dans sa charrue, cachés par de la paille, pour les revendre au marché noir dans la ville de Muria. Elle le suivit après sa vente de sa marchandise jusqu'à son habitation en bois. Sa cabane était très éloignée du village. Elle était près d'un chemin entre la route Evia et de Muria. Mystik repartit sur Venus pour revenir à sa maison. Pendant ce temps, j'étais en train de jouer avec les enfants.

Dès qu'elle est revenue, je suis parti travailler avec Vaillant. Je l'avais préparé pour notre travail et j'avais préparé à manger pour Mystik. Après, nous sommes partis dans les bois. Nous sommes arrivés à l'entrée du bois, je remarque un tronc avec des branches coupées et je me dis :

- C'est bizarre, je crois qu'il y avait un arbre millénaire par ici, si je me rappelle bien. Quelqu'un l'a coupé, il va falloir que je prévienne le chef du village avant qu'il croie que c'est moi qui l'ai coupé.

J'ai détaché Vaillant et me voilà parti voir le chef du village. Une heure après, j'arrive enfin devant sa maison. Je descends de Vaillant, je l'attache et je pars pour aller à sa porte. Puis je frappe. *(Toc, toc, toc).* Il m'ouvrit la porte et dit :

- Bonjour monsieur, Puis-je faire pour vous ?

- Bonjour, je m'appelle Emrik et je suis bûcheron, je travaille dans les bois. J'ai remarqué que quelqu'un a fraîchement coupé un arbre millénaire.

- Pouvez-vous me le montrer ?

- Bien sûr !

Me voilà, reparti à cheval avec le chef du village, nous arrivons sur place après une heure de galop. Il me dit :

- Ah oui, je vois ! Je vais prévenir le roi et les autres chefs des villages voisins qu'ils fassent attention. Je vous remercie, Emrik.

- C'est normal, monsieur.

Le chef du village repartit à ses occupations, je rattachai le chariot à Vaillant et je repris le travail.

Le lendemain, Mystik sort et part surveiller la maison du braconnier. Elle le voit sortir de sa maison et part juste avec son cheval dans une auberge, celle du village d'Evia. Mystik se dit :

- C'est le bon moment, je vais le charmer. Après qu'il m'a offert un verre, je lui offre la bague et le tour est joué.

Elle entra dans l'auberge. Il y avait plein de personnes de tout milieu, des soldats, des femmes libres cherchant du désir charnel et d'autres personnes qui se saoulaient à la bière. Il y avait des cris de joie, ça ressemblait à un bordel. Elle l'aperçoit avec une femme sur ses genoux, quand elle ne voulait pas de cet individu, car il avait bien, elle partit voir d'autres hommes à boire. Mystik prit sa place et elle le charmait. Elle l'embrassa pour avoir une chance de lui faire mettre cette bague, elle lui dit :

- Bonjour, ça te dirait qu'on boit un verre ensemble ?

- Bien oui, que je veux boire un verre avec toi, ma belle, tu sais que tu es magnifique.

- Merci, tu es pas mal non plus. Ça te dit qu'après, je t'offre un cadeau ?

- Oh que oui ! J'accepte tout de toi !

- Peux-tu me donner ta main avant.

- Tu veux qu'on se marie déjà !

- Non, bêta, et quel est ton petit nom.

- Je m'appelle Rodrig, et toi, charmante femme.

- Moi, je m'appelle Raïna.

- Je suis sous ton charme, Raïna.

Il lui donne sa main et elle lui met la bague délicatement. Elle lui demande :

Voudrais-tu que nous allions chez toi.

- Oui, avec joie.

Ils sortent tous les deux de l'auberge. Ils partirent chez lui, et Mystik étant seule avec lui, elle murmurait en latin dans son oreille :

- Acceptes-tu que je te dise un secret ?

- Ouais ! (Il était dans un état alcoolisé)

- Écoute ce que je vais te dire ! Chimaera, quae intra te dormit, excitare te volo et veram tuam ostende faciem ! (Traduction en français : Toi, chimère qui dort en toi, je veux que tu te réveilles et que tu me montres ton vrai visage ! Je te l'ordonne !) Tout d'un coup, il commença à se débattre sur le sol et se tortillait. Il cria de douleur. Ses cheveux poussèrent et devinrent une crinière. Deux cornes poussiéreuses de buffle sur les deux côtés de son crâne déchirent sa peau. Ses dents poussent en pointe comme des dents de bête sauvage. Sa peau devenait tachetée tel un guépard. Sa peau accrochée à sa colonne vertébrale s'ouvrit, laissant un fluide rouge sur le sol, pour libérer une queue de scorpion. Ses jambes se plient au niveau du tibia, pour former des pattes de loup-garou avec des griffes tranchantes et pour donner plus d'endurance. Ses ongles de ses mains et de ses pieds poussèrent très vite pour laisser la place à des griffes aussi tranchantes. Son métabolisme change complètement, laissant dans le corps une poche de poison pour le dard de sa queue. Mystik ordonna à sa chimère de ramener une victime. Au moment qui veut sortir et suivre l'ordre de sa maîtresse. Il passe par la fenêtre en la brisant. Quelques minutes passèrent, quand il lui ramena un lapin. Elle lui dit :

- Maintenant, tu t'appelleras Trikle et maintenant, va t'amuser où il y a de la population, comme à Muria.

Soudain, il partit dans la direction que sa maîtresse lui demanda d'aller et partit chasser. Mystik repartit à sa maison. Elle joua avec nous et subitement, elle me dit :

- Que dirais-tu que l'on se marie l'année prochaine ?

- Pourquoi pas.

J'avais senti un changement de comportement chez Mystik, mais je ne sais pas ce que c'était.

Une année passa, c'était un grand jour, nous étions en train de préparer le mariage. Nous avions fait appel à un prêtre du village. Ça allait se passer dans la maison du chef du village qui nous avait laissés pour cet évènement. Nous avions très peu d'invités, à part les trois enfants, dont ma fille Léana, qui était âgée de quatre ans à ce jour, et ses frères Kaïl qui était maintenant âgé de onze ans, et Glasou sept ans. Tous les trois étaient contents que nous allions nous unir. Le chef du village arriva dans la salle devant son bureau avec moi et Mystik. Nous étions habillés en blanc pour cette occasion. Elle était en robe blanche et ses cheveux étaient attachés, et les enfants étaient bien habillés, eux aussi, derrière nous. Il y avait Charl qui était arrivé dans la pièce. Le chef du village nous donna la bénédiction :

- Emrik veut vous prendre pour femme, Mystik ?

- Oui, je le veux !

Au fond de moi, je savais que je faisais une erreur de me marier avec Mystik, car il y avait quelque chose d'inquiétant qui me gênait.

- Mystik a accepté de prendre Emrik pour vivre avec lui toutes les nuits au cas où la vie vous sépare ?

- Oui !

- Vous pouvez vous embrasser !

Et là, j'ai senti quelque chose de différent, comme si je n'étais pas à ma place.
Deux mois passèrent. Un jour comme les autres, Glasou demanda à sa mère :

- Maman, tu me parles beaucoup de mon père, mais je voudrais le connaître. Pourrais-tu m'emmener le voir.

- Bien sûr, si tu veux, il n'habite pas très loin, je vais demander à Emrik, s'il peut nous amener le voir.

Mystik vient me poser la question au moment où je m'occupais de Vaillant.

- Emrik pourrais-tu m'amener, moi, avec Glasou voir son Père Witch.

- Oui, bien sûr.

- Nous allons rester quelques jours là-bas.

- D'accord.

J'avais un mauvais ressentiment. Nous sommes partis tous les cinq en direction du village de Drak. J'ai déposé Mystik et Glasou juste devant la maison de Witch. Je suis reparti avec Kaïl et ma fille Léana. Au même moment, Mystik et Glasou tapent à la porte. *(Toc, toc, toc)*. Ils entendirent qu'une personne s'approchait de la porte et soudain Glasou dit à cet homme devant lui :

- Bonjour papa !

- Bonjour mon fils !

- Bonjour Witch !

- Mystik, tu aurais dû me prévenir que tu venais avec mon fils.

- Oui, j'aurais dû, mais c'est ton fils qui voudrait faire ta connaissance et rattraper les années perdues.

- Il a raison. Et toi, comment ça va, Mystik avec Emrik ? Comment se passe ta vie ?

Au même moment qu'elle se tourne vers son fils, il lui met la main droite à la fesse pour lui donner une petite fessée. Elle n'avait pas très envie de lui parler de leur vie sentimentale. Elle l'aimait toujours, et ça depuis leur première rencontre. Witch aussi l'aimait toujours, mais il devait quitter Mystik à ce moment-là, car son ex-femme était enceinte de son deuxième enfant.

- Tu sais, Mystik, je ne t'ai jamais oublié.

- Moi non plus. Tu as toujours été l'homme de ma vie, mais là, je suis marié. Tu n'étais pas près de moi et ton absence m'a pesé toutes ces années.

- Je le sais ! Tu savais que j'avais des obligations par rapport à mon deuxième fils.

- Oui, je sais que tu me l'avais dit ! Mais tu aurais dû rester avec moi, tu n'aurais pas été malheureux jusqu'à maintenant !

- Je le sais ! Oui, mais désormais, je suis là !

Il la prend dans ses bras. Elle repoussa ses avances. Au fur et à mesure de ses gestes déplacés, elle se rapprocha et se rappela les sentiments qu'elle ressentait pour lui.

- Il faut que je lui dise ! Emrik, nous avons fait une erreur de nous marier. C'était trop vite, je le savais et pourtant je voulais y croire.

Quelques minutes passèrent, Mystik et Witch étaient dans les bras l'un de l'autre en s'embrassant tendrement.

- Witch, tu m'as réveillé mes sentiments pour toi. Je vais lui dire ce qui s'est passé à Emrik pour ne pas le choquer, quand il reviendra nous chercher.

- D'accord, tu as raison, il va être déçu.

Le soir même, j'ai ressenti quelque chose, un sentiment d'inquiétude inhabituel sans le dire aux enfants. Le troisième jour passait, quand je suis parti avec les enfants et avec Vaillant dans le chariot pour reprendre Glasou et Mystik. Le ciel commençait à s'assombrir, ce qui m'annonçait un mauvais présage. Je retrouvais Glasou très heureux d'avoir revu son père, alors que Mystik était tracassée, comme si elle voulait me parler, mais elle ne savait pas comment me le dire. La nuit tomba très vite, les enfants étaient couchés. Elle et moi, nous étions seuls et je lui pose la question :

- Mystik, dis-moi qu'est-ce qui se passe, car je sais que tu as quelque chose à me dire. Il sait passer quelque chose chez Witch pour que tu sois tracassé comme ça ?

- Emrik, je voudrais te parler de Witch, tu sais que c'était mon âme sœur.

- Oui et… !

- Je ne te l'ai jamais caché et je ne l'avais jamais oublié.

- Oui, je sais que tu m'en as parlé, mais pourquoi tu me dis ça maintenant ? Tu t'es remis avec lui, c'est ça, mais ce n'est pas possible ! Tu ne peux pas me faire ça ! Nous sommes mariés !

- Je suis désolé. Mais nous pouvons rester en bons termes.

- Rester en bons termes, je ne sais pas si je pourrais.

- Pense à notre fille.

- Justement, et il faut qu'on divorce !

- Oui.

- D'accord, je fais ça pour notre fille, pas pour vous deux, et tu as pensé aux enfants ?

- Ils le savent déjà !

- D'accord, je suis le dernier à savoir ! Je n'aurais jamais pensé que tu m'aurais trompé !

- Je le sais, mais désormais, tu dormiras en bas et moi en haut.

- D'accord !

Mystik part se coucher seule et moi dans une pièce en bas. Dans la nuit, je suis levé, car je n'arrivais pas à dormir, et je priai Dieu :

- Dieu qui est aux cieux, s'il te plaît, fais qu'un jour, je trouve mon âme sœur. Depuis que je suis petit, je vous demande, écoute ma prière.

Le lendemain, sur la montagne, Dieu sur son trône entendit cette prière sincère. Il avait ressenti mon désespoir quand il demanda à son messager, l'ange Lucius d'envoyer un rayon vers le soleil depuis une tour au milieu des nuages, telle qu'un miroir orienté vers moi. Ce message me disait qu'il avait bien entendu mon souhait et qu'il m'accorderait de connaître mon âme sœur. Alors que je ne savais pas que je l'avais rencontré dans la forêt et qu'un destin, c'était écrit le jour de cette rencontre. Je ne savais pas que j'allais passer par de terribles épreuves. Depuis que j'ai reçu le message de Dieu, je ressentais un bien-être m'envahir quand je me déplaçais avec Vaillant pour aller travailler. Sur mon lieu de travail, j'avais une drôle de sensation, comme si j'étais observé, mais je ne voyais personne autour de moi. La nuit tomba, j'étais rentré du travail pour aller me coucher, je vis Mystik monter dans sa chambre avec les enfants. Je fis un rêve avec lequel je distingue une ombre, ça avait l'apparence d'une femme avec des ailes. Elle avait une voix douce que j'avais déjà entendue, mais où ? Elle n'était pas toute seule, elle avait un enfant. Quand soudain, je me réveille et j'essaie d'analyser mon rêve. Je me dis :

- L'ange doit être Enaya, je ne savais pas qu'elle avait un enfant. Ça doit être Dieu qui veut peut-être m'envoyer un message, mais lequel ?

Chapitre 9 : Ma rencontre avec mon âme sœur

Le lendemain matin, Mystik se leva et sortit de sa chambre. Elle me demanda si j'avais bien dormi, je lui répondis :

- Oui, et toi !

- Oui, très bien. Aujourd'hui, je vais aller voir Witch.

- Si tu veux.

Plus les jours passaient, plus elle ressentait des remords. La nuit passa, Kaïl descendit pour aller boire de l'eau. Il me voit en train de parler dans mon rêve, il part réveiller sa mère et lui dit :

- Maman, va voir Emrik en bas, car il parle, mais il dort, ce qui est bizarre parce qu'il sourit.

- Reste là, je vais aller voir !

À ce moment-là, je rêvais de ma première rencontre avec Enaya dans la forêt. Mystik, ayant de très grands pouvoirs grâce au livre démoniaque, elle arriva à regarder mon rêve comme dans un livre ouvert et même à ressentir mes émotions. Elle me voit discuter avec une femme et se dit :

- Je ne vois pas son visage. Si je me montre dans son rêve, il va savoir qu'il y a quelque chose qui a changé. Il faut que j'arrive à le faire changer d'avis à l'égard de cette femme, car je suis en train de le perdre, même si je l'ai trompé. Il faut que je le réveille et que je lui parle.

Elle me réveilla et me dit :

- Excuse-moi de te réveiller, il faut que je te parle.

- D'accord ! *(J'étais en train de me gratter les yeux au réveil.)*

- Je voudrais te parler de nous deux. Que dirais-tu que nous prenions chacun notre maison, mais qu'on reste ensemble.

- Non, je ne me remettrai jamais avec toi, et oui, tu as raison sur une chose, je retournerai chez moi avec Vaillant.

- Et si je te donne un autre enfant ?

- Non, et je te le répète, je ne me remettrai jamais avec toi et je ne veux plus faire d'enfant avec toi.

- On devait se marier devant le prêtre. *(Elle me dit toute désespérée.)*

- J'ai dit non et oui, nous devions, mais c'est fini. Je voudrais garder notre fille avec moi.

- Tu n'auras jamais notre fille !

Dans ma tête, elle m'avait trahi. Je préfère chercher mon âme sœur que Dieu m'a donnée, peut-être la chance de la rencontrer. Quand soudain Mystik se met dans une fureur noire, les enfants entendent et descendent pour savoir ce qui ce passe. Ils voient leur mère dans une colère et elle me dit :

- Vu que tu ne veux pas rester avec moi, je vais te donner ceci.

Tout d'un coup, j'entendis, au-dessus de la maison, un orage gronder, le bruit des éclairs se fait retentir dans l'air. Elle commença à parler dans une langue que je ne connaissais pas. Elle me lança un sort qui devint une malédiction et des mots retentirent dans la pièce :

- Tu, draco, qui in te penitus dormit, et qui me tradidit, evigilare rogo, et maledictus. Ostende mihi vultum tuum verum coelestem draconem *(Traduction en français : Toi le dragon qui dort en toi profondément et qui m'a trahi, je te demande de te réveiller et que tu sois maudit. Montre-moi ton vrai visage de dragon céleste.)*

Je me suis sentie bizarre. Quand tout d'un coup, je commençai à me tortiller de douleur dans tout mon corps, je regardais mes mains se transformer et grossir. Une énorme douleur inimaginable me dévorait de l'intérieur et de l'extérieur. Ma peau devint dure pour laisser des écailles. Les ongles de mes doigts disparurent, laissant place aux griffes. Mes cheveux tombèrent sur le sol pour laisser apparaître des pointes d'écailles, dont une palmure, jusqu'en bas du dos. Je ressentais une énorme douleur au niveau de ma colonne vertébrale. La peau de mon dos se déchira pour laisser une queue avec au bout une pointe de flèche, telle une ligne fluide et souple, écailleuse. Les os de mes bras se coupaient en deux, laissant des ailes souples poussées derrière mon dos tout le long du corps et me laissant deux pattes avec des griffes acérées. Mes jambes se transformèrent en pattes écailleuses. À l'intérieur de mon corps, une poche se forme d'une énergie plus dangereuse que le feu et ma peau changea de couleur, bleu turquoise. Au même moment, ma fille Léana voyait cette horreur et la douleur que je devais supporter. Elle se mit à crier tout en larmes :

- Papa ! Papa !

- Ne t'approche pas de lui, Léana, ça ne sera plus un père, mais un monstre répugnant.

- Pourquoi Mystik, tu m'as fait ça ?

- Tu n'as pas voulu rester avec moi !

- Mais tu m'as trahi avec ton être aimé.

- Oui, mais je ne veux pas que tu trouves l'amour, c'est pour cela que tu vas devenir un monstre que personne n'aimera !

Je me suis relevé et j'ai fait un saut, brisant la fenêtre. Je me tortillais tout en me transformant. Je cherchais un endroit pour me cacher dans la forêt. Ma transformation s'était presque terminée, et des villageois de Drak entendirent mes cris de douleur entre les arbres. Ils tenaient dans leurs mains une torche pour essayer de se frayer un chemin dans la nuit pour me voir. Ils entendirent mon souffle, effrayés de m'avoir croisé. Ils partirent tous en courant. Ils avertirent les soldats du roi qu'ils étaient dans la ville de Kindra pour chercher toutes créatures de la nuit et les tuer pour protéger les villageois. Moi, pendant ce temps, étant devenu un dragon, je pris mon envol pour m'éloigner des villages pour ne pas faire peur aux habitants. Je traversais des forêts d'arbres en direction du sud-ouest vers le grand lac de ma première rencontre avec Enaya. J'ai atterri approximativement devant le lac pour me reposer et regarder mon visage dans l'eau. Je me suis mis à repenser à ce qui s'était passé et à ce que je n'avais pas compris dans le comportement de Mystik :

- Alors Mystik était une sorcière très puissante ! Maintenant, je comprends le comportement de Vaillant et ce qu'il voulait me dire quand on dit que les animaux ressentent le danger ! Désormais, je suis une horrible créature avec des griffes, des ailes et une queue en pointe. Comment je vais faire pour revoir ma fille, si je m'approche d'elle, Mystik va m'attaquer. Et pourquoi d'un coup, elle voulait se remettre avec moi alors qu'elle m'a trompé avec Witch ? Moi, c'était sûr que je ne me remettrais jamais avec elle ! À présent, comment je vais faire en étant seule ?

J'entendis des bruits autour de moi. Je me suis dit :

- Il faut que je me trouve un lieu où personne ne me voie. J'entends le son de la chute d'eau, peut-être qu'il y aura une grotte en dessous ? Je vais suivre le son !

Je reprends mon voyage vers le sud-ouest quand je vis une plaine avec, à son centre, une dune avec des habitations autour assez éloignées de la chute d'eau. Je fais un tour dans les airs quand j'aperçois une grotte assez profonde. Je me dis :

- Je vais me reposer dans cette grotte derrière la cascade, ensuite, je verrai bien.

Au loin, chez Mystik une querelle s'exposait due à mon départ et au pouvoir de Mystik.

- Maman, pourquoi tu as fait ça à Emrik ! Dit Glasou

- Il m'a trahi. De toute façon, ce ne sont pas vos histoires, mais c'est celle des adultes, repars dans ta chambre, et elle est où ta sœur ?

- Maman, Léana est dans sa chambre en train de pleurer. Je ne savais pas, maman, que tu avais des pouvoirs ? Tu es très fort ?

- Oui, mon fils, mais il ne faut pas que tu le dises à quelqu'un, car sinon tu ne verras plus ta maman.

- D'accord maman, je ne le dirai à personne ! Je te le promets !

- Très bien, Kaïl !
- Maman, tu veux que j'aille voir Léana ?

- Non, laisse-la pleurer ! Il faut qu'elle évacue ce qui s'est passé.

Léana dit dans ses pleurs :

- Papa, quand je serai plus grande, je te promets que j'apprendrai la magie et je te rétablirai ta forme initiale que maman t'a prise.

Un mois passa, j'étais toujours dans la grotte et le soir, je partais m'alimenter en nourriture.

Pendant ce temps, Mystik se préparait à créer une autre créature pour ne pas me tuer, mais s'attaquer à la personne de mon rêve. Dans la nuit, Mystik fait une cérémonie de magie noire. Elle avait pris un sanglier vivant, elle lui avait peint des symboles inconnus avec du sang d'animaux sur les côtés de son corps. Ensuite, elle dessina sur une paroi de la grotte, avec une craie, des symboles mystérieux qui pouvaient lui permettre de franchir une porte, vers un monde des enfers. Elle murmura la formule : Tahar dominus ostiarum daemoniorum, aperi hunc locum servo tuo. Hanc oblationem quam tibi offero. *(Traduction en français : Tahar maître des portes démoniaques, ouvre-moi ce passage pour ta servante. Prends cette offrande que je t'offre.)*

Des sons retentissent dans la grotte comme des chuchotements. Un nuage gris foncé se balada dans les tunnels et arriva autour du sanglier. Des cris de l'animal retentissaient autour des parois, il était en train de se faire dévorer par ce nuage gris. Soudain, la fumée créa une porte et les symboles disparaissaient. Un couloir de lumière rouge s'ouvrit, Mystik s'avança et entra dans la lumière. Tout d'un coup, un autel se présenta devant elle avec quatre piliers et avec un escalier de trois marches. Tout autour de la pièce, des colonnes immenses sculptées de symboles indescriptibles. Elle s'avança devant l'autel quand un démon apparut de nulle part. Il était de corps humain momifié. Il avait trois cornes qui sortaient des deux côtés du visage, avec des flammes au-dessus de ses cheveux, et il avait des yeux jaunes. Il s'avança devant Mystik et lui dit :

- Sorcière, que viens-tu faire dans mon temple ?

- Démon, je viens chercher un de tes serviteurs pour détruire toute personne dans laquelle le dragon céleste passe, et en prime, tu pourras manger leurs âmes. Tu es gagnant et moi aussi !

- Pourquoi je ferai cela pour toi ? Tu n'es qu'une sorcière !

- Oui, mais avec des pouvoirs aussi grands que les tiens, regarde ! Tu daemon qui servum tuum audire non vis, servus factus es mihi.(Traduction en français : Toi, démon qui ne veut pas écouter ta servante, tu deviens mon esclave.)

Les yeux du démon changèrent de couleur ; du jaune, ils passèrent au vert comme si elle le manipulait. Elle lui redemanda un serviteur pour qu'il s'attaque aux gens qui m'entouraient et qui passaient sur mon chemin. Le démon fait appel à une créature de la nuit, un couloir apparaît entre les piliers comme si les colonnes étaient une illusion. Une énorme boule de feu entra dans la pièce. Elle explosa devant eux sans les toucher et un loup géant gris apparut, avec sur sa colonne vertébrale des cristaux de glace comme des diamants reflétant la lumière.

Le démon demanda à cette créature d'obéir à Mystik et de lui ramener toutes les âmes de ses victimes. Mystik demanda à la créature de la suivre dans son monde en passant par le passage. Il l'a suivi et elle lui demanda de détruire toutes les personnes qui se trouvaient autour de moi. Telle une malédiction qui me poursuivrait pour que je ne sois pas heureux. Elle le lança à ma poursuite. Pendant ce temps, dans le village qui est près de la cascade, une petite fille prend de l'eau dans une jarre en terre cuite. Quand un animal sauvage sorti de la forêt grognait sur l'enfant, brusquement, je sortis de sous la cascade pour le dévorer. La fille tomba sur le sol, laissant la jarre sur le rebord de la rivière et se releva rapidement de peur. Elle courut au village prévenir les gardes du village. Je suis très vite reparti dans la grotte avec ma proie. Quelques heures passèrent quand la jeune fille arriva avec des soldats de sa tribu et le chef du village devant la chute d'eau. Elle leur expliqua comment un monstre vivant dans la cascade lui avait sauvé la vie. Le chef dit :

(La conversation est traduite en français directement, la langue était du Maya yucatèque)

- Itzel, tu es sûre qu'il y a un dieu qui vit dans la cascade et qui t'a sauvé la vie, car un cougar voulait t'attaquer ?

- Oui, Chef Kouhaki !

- Fort bien, vous tous les villageois, le dieu serpent est parti. Maintenant un autre dieu est arrivé qui a sauvé Itzel. Pour cela, nous devons le nourrir pour le remercier.

Amener des fruits et faire une prière pour qu'il ne nous mange pas.

Tout le village obéissait au chef Kouhaki. Ils amenèrent des fruits et des légumes qu'ils avaient cultivés comme offrande au rebord de la rivière dans laquelle la chute d'eau tombe. Le jour et la nuit, je sors pour manger les offrandes. Il y avait des pastèques, des oranges, des salades bien vertes et plein d'autres choses. Un soir, un habitant voulait voir à quoi je ressemblais au moment que j'étais en train de manger. Il a croisé mon regard, il est parti rapidement prévenir le chef pour lui dire qu'il faudrait me bannir de cette grotte, car il pensait que j'allais les manger vu ma taille.

Le chef Kouhaki envoya des guerriers pour me faire fuir. Je suis sorti vite en entendant les cris de guerre qu'ils émirent. Des guerriers étaient déjà là et ils m'envoyèrent des sacs de plante anesthésiante qui m'avaient paralysé les ailes. Je me suis secoué, mais impossible de les utiliser. D'autres soldats essayèrent de me lancer des javelots qui rebondissaient sur ma peau. Je grimpais très vite avec mes griffes les parois rocheuses où un escalier secret était sculpté dans la pierre. Arrivé au sommet de la plaine, je me suis frayé un chemin dans la forêt. Je devais atteindre le lac pour me rincer de ses plantes. Des craquements d'arbres se faisaient entendre au fur et à mesure que je les brisais. Des oiseaux sortirent de la forêt par peur et je me disais en grognant qu'il faut que je sorte de là. Quand soudainement, je vis une femme qui me tournait le dos et qui était effrayée.

Soudain, la femme se retourna délicatement pour me voir. Son visage m'était familier, c'était Enaya l'ange que j'avais croisé dans cette même forêt. Je l'ai vu faire quelques pas discrets en arrière pour se retourner et vouloir s'enfuir. Quand, sans crier gare, je lui dis par télépathie, car c'était le seul moyen de communication que j'avais :

- Bonjour, petit ange. N'aie pas peur de moi dû à mon apparence. Je ne te ferai jamais de mal, petit ange.

Enaya était intriguée que je connaissais son secret. Elle me dit :

- Comment connais-tu mon secret ? Et qui tu es ?

- Nous nous sommes déjà rencontrés près de cette forêt. Je suis Emrik !

Elle se rapprocha de moi et me tendit sa main pour toucher.

- Puis-je te toucher ?

- Oui, bien sûr, petit ange !

J'ai baissé mon cou pour qu'elle touche mon visage jusqu'à sa main douce. Au même moment, elle rapprocha délicatement sa main droite pour toucher mon museau. Ma gueule était de très grande taille, elle sentait mes écailles, qui étaient aussi dures que de la pierre, mais aussi douces comme un pétale de fleur. Je me laissais caresser délicatement les traits de mon visage. Quand elle me touchait, j'ai ressenti la même émotion que lors de notre première rencontre. J'aimais ressentir cette émotion de douceur qu'elle me procurait en sa présence, de chaleur et d'amour profond, comme si je la connaissais depuis longtemps. Elle ressentait, elle aussi, une grande confiance et une très grande sécurité en ma présence. Elle ferma ses yeux et elle les sentit battre, mon cœur battre rapidement. Tout d'un coup, j'ouvris mes ailes. Les plantes qui me paralysaient les ailes s'étaient estampées. Enaya était surprise de ma réaction, elle ouvrit ses yeux au même moment, je lui dis :

- Petit ange, je suis désolé de fuir en ta présence. Il faut que je parte, car il y a des humains qui s'approchent et je ne veux pas les blesser.

- Qu'est-ce qui t'est arrivé ? Est-ce que je te reverrai ?

- Oui, Enaya, dès que tu auras besoin de moi, je serai là et je te raconterai à notre prochaine rencontre.

- Mais comment tu le seras si j'ai besoin de toi ?

- Crie mon nom et j'arriverai à ta rencontre !

J'ouvris mes ailes en courant dans l'autre direction, Drak, où des cris de guerriers retentissaient comme des échos dans le vent. Pendant ce temps, le loup se déplace dans les montagnes pour sentir mon odeur et part dans la direction Kindra. Mystik repartit voir les enfants et bloqua l'entrée de la grotte pour que personne n'entre avec un sortilège.

Chapitre 10 : Sauve moi Emrik !

Des jours passèrent au loin dans le village d'Evia, Enaya était triste, mais elle savait que c'était la meilleure solution pour protéger sa fille Bella. Delgolik a ressenti qu'elle n'a pas suivi son avertissement. Il a senti que sa petite proie était partie, mais il ne savait pas dans quel lieu. Il partit directement voir Enaya sur Tempête. Arrivé devant la maison, il détruira la porte d'entrée. Elle était effrayée de le voir dans sa forme originale. Il dit :
- Tu n'as pas écouté mon avertissement en faisant partir ta fille, petit ange.

Il attrapa le bras d'Enaya et la jeta par rage contre les meubles qui tombèrent sur le sol. Enaya sortit ses ailes pour pouvoir s'échapper de sa maison, mais il l'a rattrapée par son aile et la projeta contre le mur. Au moment où Tempête lui dit qu'il y a du monde qui arrivait. Il se retourna trente secondes vers son cheval. Quand Enaya se releva et sauta par la fenêtre, elle ouvrit ses ailes pour s'enfuir dans la direction de Drak. Au même moment, des paysans sortent avec leurs fourches et leurs faux pour attaquer Tempête et Delgolik. Enaya étant plus suivie par ses ennemis, elle part dans la maison de sa mère. Les paysans n'ayant aucune chance contre eux, ils se dispersaient dans le village et un d'entre eux part à cheval. Il rejoindra le château de Muria pour demander de l'aide au roi et à sa garde royale. Delgolik et Tempête tuèrent quelques paysans. Ensuite, ils essayèrent de retrouver les traces d'énergies qu'aurait laissées Enaya sur son chemin. Ils cherchèrent des traces, mais en vain. Enaya effrayé, blessé, essaya d'appeler de l'aide. Dieu ne voulait, en aucun cas, faire descendre des anges dû à ma présence, car il avait peur des dragons. Iria et Sirius voulaient descendre, il ne pouvait pas sans l'accord de Dieu. S'ils descendent pour aider Enaya, il a le pouvoir de la bannir et de retirer leurs ailes. Delgolik et Tempête tuèrent un cavalier, ensuite tous les deux mangèrent des morceaux de chair. Ils prirent une nouvelle apparence pour qu'Enaya ne les reconnaisse pas. Tempête était devenue un cheval blanc et Delgolik lui était devenu une femme aux cheveux dorés. Ils cherchèrent dans tous les villages aux alentours Evia sans trouver Enaya. Il ne leur resta que deux villages à chercher, Drak et Kindra. Pendant ce temps, Enaya essayait de se soigner ses blessures. Elle avait sur son aile et sur son corps égratigné. La nuit finissait de tomber quand elle se mit dans le lit de sa mère pour se reposer avec des craintes. Elle s'était endormie de fatigue. Elle entend ma voix sans me voir et me dit :

- Aide-moi ! Aide-moi !

- Appelle mon nom, je suis là pour t'aider, mais où es-tu ?

- Je suis en danger, dans la maison de ma mère près du village Drak.

- Je suis tout près de toi…

Soudain Enaya se réveilla en sursaut et entendit des sabots s'approchant de la maison. Elle n'avait pas allumé de bougie dans la pièce. Quand elle regarda par la fenêtre, elle distingua une femme avec un cheval blanc avec une torche dans la main. Elle se dit :

- C'est juste une cavalière perdue sur un chemin, ce n'est Delgolik avec son démon de cheval.

Le lendemain, Enaya se leva, guérie et cacha ses ailes. Elle ne sortira pas de la journée de la maison. Elle faisant très attention en regardant à chaque moment, dès qu'elle entendait un bruit, elle regarda discrètement à travers les carreaux de fenêtre de la maison de sa mère. Iria avait laissé de la viande séchée enveloppée dans un tissu blanc, protégée de la lumière pour sa fille. Elle mangea un peu et elle se dit :

- Il faut que je trouve Emrik !

Au même moment, je cherchais moi aussi Enaya par les airs. Pendant ce temps, le loup avait retrouvé ma trace vers le grand lac. Je volais au-dessus des montagnes autour du village de Drak, sans voir personne en danger, car j'ai la faculté de voir et d'entendre à de très grandes distances. Le soir même, la cavalière repassa devant la maison d'Iria, Enaya sortit pour voir ce qu'elle cherchait. Elle s'approcha de la cavalière et lui dit :

- Bonsoir Madame, je peux peut-être vous aider.

- Bonsoir Enaya !

- Je ne vous connais pas, madame. Qui êtes-vous ?

Soudain la cavalière et le cheval montrèrent leurs vrais visages. Enaya effrayée ! Elle essaya de s'enfuir en ouvrant ses ailes. Elle n'avait eu le temps de battre ses ailes qu'elle se cacha dans la forêt et cria :

- À l'aide, viens m'aider Emrik !

J'entendis son cri, j'essayai de voir à travers les arbres, mais c'était trop dense. Delgolik continue à la poursuivre tranquillement. Ils se séparèrent. Tempête s'éloigna pour essayer de faire peur à Enaya. Ils faisaient cette stratégie à chaque chasse. Enaya s'avança dans le piège de Delgolik. Vu que Tempête est plus rapide, son cavalier sait pour cela qu'ils utilisent cette façon d'agir. Tout d'un coup, je remarque des flammes noires traversées à grande vitesse en direction de l'est, je me suis dit :

- Je suis sûr qu'Enaya est vers le milieu de la forêt, ils vont l'attaquer des deux côtés. Ce que je vais faire, c'est attaquer cette ombre enflammée pour lui laisser une chance. Enaya pourra peut-être s'enfuir vers l'est.

Je descendis en flèche vers l'ombre, Tempête avait senti ma présence. Il commença à montrer son vrai visage de démon. Il se transforma d'un cheval en monstre beaucoup plus fort. Sa tête se coupa en deux derrière le crâne, laissant apparaître huit cornes. Les pattes se divisent en deux, lui donnant quatre bras avec trois griffes sur chaque main. Son corps était devenu solide tel que des écorces de pierre et sa queue était devenue fine comme un fouet. J'ai commencé à l'attaquer en fonçant en piqué sur lui ; il évita mon attaque en sautant rapidement. Il me donna un coup de griffe sur le côté de mon ventre qui m'a laissé une blessure. Je commençai à sentir une adrénaline monter soudainement. Mon corps changea de taille et ma couleur se noircit. Mes écailles se redressèrent, se mettant en pointes comme un hérisson en mode de protection en boule. Je sentis la colère m'envahir. Ma force avait quadruplé, quand il me donna des coups de griffes avec ses quatre bras à très grandes vitesses et m'attrapa avec sa queue. Il me jeta loin dans les airs, quand soudainement, j'ouvris mes ailes pour faire parachute. Je me concentrai, je sortis une énergie de ma gueule que je lui projetai dans sa direction. Il essaya de l'arrêter avec sa tête. Brusquement, son crâne se fissurait de plus en plus, laissant une énergie rouge s'envoler à travers les brèches. Il commençait à sentir ses forces disparaître. Delgolik avait vu ce combat et sentait son cheval mourir pour retourner dans les enfers. J'ai attrapé le corps de la créature avec mes crocs acérés et je le secouais de droite à gauche pour lui briser les os en morceaux quand sa tête se détacha. Sa tête se détacha du corps, volant dans les airs et faisant un choc contre un arbre. Du sang noir giclait partout sur la forêt et le sol. Je me suis mis à faire un cri de dragon pour signaler ma victoire. Ensuite, je suis reparti blessé sur un rocher. Pendant ce temps, Enaya part vers le bruit des combats. Elle avait compris que j'étais venu la sauver en tuant un de ses deux démons qui la poursuivait.

Delgolik prit en direction Enaya, il espérait qu'elle n'arriverait pas à me rejoindre. Elle commençait à s'approcher de moi, elle était à quelques mètres quand soudainement Delgolik sortit de nulle part. Enaya avait senti que j'étais blessé, elle a voulu me rejoindre pour me guérir. Il était trop tard, Delgolik s'avança vers moi en volant. Je le vis avancer en ma direction. Je me suis levé, avec le reste de mes forces, je lui ai envoyé un rayon d'énergie qui brûla ses ailes. Enaya se dit :

- Cette scène, c'est la même que dans mon cauchemar !

Delgolik tomba sur le sol blessé.

- C'est le moment, je vais aider Emrik, je vais le soigner.

Au loin, au château de Muria, dans la salle du trône, le roi Balou va à sa fenêtre. Il regarda le paysage, quand soudainement, il vit un rayon de lumière descendre du ciel, il demanda à sa garde :

- Garde ! Faites-moi venir Percé !

- Bien, mon seigneur !

Percé arriva rapidement dans la salle du trône.

- Mon roi, vous m'avez fait venir ?

- Oui, je t'ai fait venir, car regarde par cette fenêtre !

Il s'avança vers la fenêtre et remarqua un monstre volant, et le roi lui dit qu'il dégage un rayon de lumière.

- Je veux Percé que tu ailles détruire cette créature surpuissante et prends une armée pour détruire, s'il y a besoin, les monstres aux alentours !

- Je suis à vos ordres, mon roi !

Percé sort de la salle du trône et part prendre son armée pour venir à ma rencontre.

Pendant ce temps, sur le lieu du combat, Enaya s'approcha de moi. Elle remarqua que ma tête était contre le sol avec une blessure profonde. Mon sang sortait, coulant sur la roche et laissant une énorme tâche rouge. J'avais perdu beaucoup de sang. Elle commença à me soigner quand brusquement Delgolik sortit sa faux mangeuse d'âmes. Il voulait se venger de la mort de son ami. Vu que j'étais en hauteur sur mon perchoir de pierre, il a couru à très grande vitesse et sauta dans la direction d'Enaya. En quelques secondes, je l'ai poussé pour la protéger et j'ai pris mon envol pour le rejoindre et le contrer. Sa faux se transforma en une épée, je commençai à préparer ma prochaine attaque comme pour lui. Je lui envoie toute ma puissance en énergie, qui forma un rayon très puissant qui l'a désintégré. Mon corps n'ayant plus de force, je tombai en piquet m'écrasant sur le sol, en me cognant sur les parois rocheuses et écrasant les arbres. Je n'avais pas remarqué qu'il m'avait enfoncé son épée profondément dans mon ventre, sur la partie de mon corps non protégée et me blessait gravement. Enaya me rejoint rapidement en ouvrant ses ailes. Elle arriva près de moi en larmes en essayant de retirer l'épée délicatement. Elle la tira de mon corps, le sang courait de la plaie. Une lumière sortit de la main d'Enaya et referma la blessure, laissant une cicatrice. Elle continua jusqu'à ce qu'aucune blessure ne saigne plus. Mon corps et ma couleur étaient redevenus normaux. Je n'avais plus de force. J'ai ressenti un sentiment très fort, au moment de la revoir. La beauté de ce hêtre majestueux était magnifique. Elle me prend ma gueule avec une délicatesse et colla son visage. Nos deux esprits se sont mis à se réunir. Nous avions ressenti les mêmes sentiments, Enaya me dit par télépathie :

- Je te remercie, Emrik d'être venu m'aider !

- C'est normal, Enaya, car tu es l'âme sœur que j'attendais ! J'ai prié envers Dieu et il m'a accordé cette chance, mais à quel prix ! Depuis notre première rencontre, je savais que tu étais mon âme sœur, je ne pouvais pas être avec toi. J'avais des obligations et maintenant, je suis devenu un monstre. Qui pourrait m'aimer ! Même toi, tu as eu peur de moi ! Un ange !

- Je savais moi aussi que tu étais mon âme sœur. Je ne voulais pas écouter mon cœur. Moi aussi, je sortais d'une relation compliquée et je n'aurais jamais pensé que c'était un démon et sa monture aussi. J'ai eu une fille avec un chevalier de Muria que je devais protéger.

- Moi aussi, j'ai une fille que je ne verrai peut-être plus vu mon apparence !

- Comment cela est-il arrivé ? Pourquoi tu es devenu comme ça ?

- C'est la mère de ma fille, qui est une sorcière avec des pouvoirs inimaginables, et elle m'a transformé en cette bête monstrueuse.

- Mais sans ton apparence, tu ne m'aurais pas sauvé de ses démons, et pour cela, je te remercie.

Elle me fit un bisou sur mon museau et elle se reposa contre moi. Je pose mon aile gauche sur elle pour la protéger du froid.

Le jour se leva, et je sentis la chaleur de la lumière du soleil sur mon museau. Je relevais délicatement mon aile et j'admirai Enaya en train de dormir paisiblement. Je me suis dit :

- Elle est vraiment belle et très séduisante. Je vous remercie, Seigneur, de m'avoir permis de rencontrer mon âme sœur !

Je relevais mon coup rapidement, car j'étais intrigué. J'entendis au loin des bruits de nombreux chevaux tapant le sol. J'utilise ma vision et je vois une grande armée s'approcher de nous deux. Je réveille Enaya en lui disant :

- Enaya ! Enaya réveille-toi ! Un danger nous guette ! Une grande armée arrive à notre rencontre, nous ne pouvons pas rester ici !

- Pourquoi Emrik, C'est Percé le chevalier dont je t'avais parlé avec qui j'ai eu un enfant. Je vais lui dire qu'il ne te fait rien, car tu n'es pas méchant !

- Tu ne réalises pas, as-tu dit que tu étais un ange ?

- Non, je ne lui ai pas dit !

- Alors, c'est impossible qui nous laisse sans nous capturer où nous tuer sur l'ordre du Roi !

Toi, tu peux cacher tes ailes, mais moi, il me voit comme une créature qui pourrait tuer tous les villageois, je sais que je n'ai aucune chance. Je te demande de venir avec moi, tu te rappelles, le village dans la plaine. Si tu leur fais montrer ton pouvoir de guérison, tu seras un dieu pour eux et ils nous laisseront peut-être vivre avec eux ? Et aussi avec ta fille ! Tu m'as mis en protection au milieu des anges, alors que moi, même si je voudrais aller me protéger en ta compagnie avec ta grande famille, ils ne voudraient pas de moi !

- Oui, tu as raison !

- Essayons ! Tu viens avec moi ?

- Oui, je viens avec toi !

- Alors monte sur mon dos et cache tes ailes !

- d'accord.

Enaya chuchota en arabe des mots doux à ses ailes en mettant toujours ses mains en prière.

- Rishati alsaghirat aljamilat 'akhfat jamalik ean alealam wa'ana nurak sawf yatalala eind nida'i. *(traduction en français : Mes belles petites plumes cachaient votre beauté au monde et que ta lumière scintillera à mon appel)* Tout d'un coup, les plumes se mettent à disparaître. Elle monta sur mes ailes et elle se tenait à mon grand cou. Je levais mes ailes et je les battais. Nous avons pris de la hauteur et nous prenons la direction sud-ouest vers le grand lac. Percé était avec son armée à Kindra, quand il me vit dans les airs au loin et remarqua que je partais vers le sud. Il leva le bras droit en l'air pour faire arrêter l'armée de marcher, il fit appel à son messager :

- Kurt !

- Oui, mon Général !

- Avertis tous les soldats que nous allons aux Grands Lacs et envoie un message au roi que nous avons changé de lieu de recherche !

- Fort bien, mon général ! Le messager Kurt est parti avertir tous les soldats du changement de direction et il demanda à un autre messager de dire au roi Balou le changement de chemin.

Pendant ce temps, au loin, le loup de glace arriva autour du grand lac, il sentit mon odeur derrière des buissons qui bloquaient le passage. Il utilisa son cri pour glacer tout le barrage et il prit de l'élan pour foncer dans le mur qui était devant lui. Son cri gèle à moins de deux cents degrés, ce qui permet qu'à moindre coût, tout se brise en poussière de glace. Il continua son chemin quand il remarqua la chute d'eau et il baissa sa tête vers le bas pour voir le village vivre une vie paisible. L'un des habitants entend une pierre tomber du haut de la falaise. Il regarda et vit le loup géant. Il cria de panique et tous les villageois se déplaçaient de droite à gauche pour se cacher et se protéger de cette créature. Le loup sauta dans la cascade et tomba dans le petit bassin. Il grimpa sur le rebord et il se secoua tout en grognant. Les guerriers du village arrivèrent armés et lui lancèrent des lances. Ils ne touchèrent pas leurs proies, car il était trop rapide et évita toutes armes à distance. Il tua des villageois au fur et à mesure qui passèrent près de lui et absorba leurs âmes en ouvrant sa gueule.

Pendant ce temps que j'arrivais près du lac, j'entendis la détresse des villageois et leurs cris. Je dis à Enaya :

- Tiens-moi, je vais aider les villageois !

- D'accord !

Je me suis mis à plonger en piquet sur la plaine et je fonce sur le loup géant qui était légèrement plus petit que moi. Je l'attrape en vol et je le jette contre la falaise. Il tomba sur le sol. Pendant ce temps, je déposais Enaya qui était parti aider à soigner les villageois. Étant un peu sonné, il se releva et il courut et prit de la vitesse et me sauta sur le dos. Il me mord le cou. J'essayais de faire des manœuvres, de gauche à droite, et je tournoyais sur moi-même pour qu'il me relâche. Il ne lâchait pas, ses crocs m'avaient percé mes écailles et me gelaient les blessures qui me brûlaient de l'intérieur. Je soufrais d'atroces douleurs. Je tombai avec lui sur le dos sur le sol, je lui jetai des coups de queue et des coups de griffe qui le blessèrent. Au même moment, une pluie de flèches venant du ciel tomba sur le sol, rebondissant sur ma peau et celle du loup. Des soldats armés d'épées arrivèrent pour essayer de me tuer, moi et le loup. Je me défendais avec ma queue pour pas les blesser et le loup jeta son souffle de glace sur l'armée. Ils étaient devenus des statues de cristal. Percé arriva lui sur place. Il sortit son épée du fourreau et chuchota à son épée.

- Alsayf allaamie yamnahuni quatak litadmir hadha alwahsh *(traduction : Épée étincelante, prête-moi ton pouvoir pour détruire ce monstre)*
Son épée se mit à murmurer à son porteur :

- 'uqadim lak quati birsih *(traduction : Je t'offre mon pouvoir Percé).*

L'épée se mit à s'enflammer d'une couleur jaune et commença à dévorer toute l'armure, comme si elle voulait protéger son porteur. Percé était en feu qui ne le brûlait pas. Le loup jeta son cri de glace sur Percé qui ne le touchait pas. Percé s'avança face à la créature, le loup sauta sur lui pour le mordre, les flammes de l'armure le brûlèrent. Le monstre gémit de douleur sur le sol. Percé tendit l'épée vers l'avant, la pointe face au loup, et fit un quart de tour et coupa la tête du loup géant. Le corps tomba sur le sol et la tête roula sur vingt mètres pour s'arrêter. Moi, pendant ce temps, je me défendais contre les soldats. Percé demanda à son épée de lui redonner un nouveau pouvoir pour me tuer. L'épée se mit à changer de couleur et devint violette claire. Son armure était revenue normale. Soudain, Enaya sortit d'une maison du village où elle avait fini de guérir un villageois. Elle voit Percé faire appel au pouvoir de son épée pour me tuer. Elle courra rapidement à sa rencontre à Percé et cria :

- Arrête, Percé, ne lui fais pas de mal ! Il est gentil ! Il ne s'est pas attaqué aux villageois !

- Que fais-tu ici, Enaya ?

- Je suis venu avec lui pour aider les villageois de cette tribu !

- Tu es venu sur le dos de ce monstre ?

- Oui, c'est juste une apparence, mais ce n'est pas un monstre, seulement un humain lequel une sorcière lui a lancé un sort !

Elle regarda dans ma direction, j'étais toujours en train de me défendre contre les soldats.

Percé commença à s'avancer vers moi, Enaya essayait de le retenir tant bien que mal. Au moment qu'elle ne pouvait plus le tenir, elle lui dit :

- Percé, tu as un enfant !

Il s'arrêta net son déplacement et se tourna vers Enaya et lui répondit :

- Tu m'as dit que j'ai un enfant ?

- Oui, tu as une fille, et si tu veux la voir, laisse tranquille ce dragon !

- Comment elle s'appelle ?

- Elle s'appelle Bella !

- Tu as très bien choisi ! *(Percé remet son épée dans son fourreau.)* Garde Capturer ce dragon et l'enchaîner dans cette grotte sous la cascade. Que nous ayons remarqué en descendant et demandé à un magicien qui jette un sort sur l'entrée de la grotte que si cette créature se libère de ses chaînes, qu'elle soit détruite. Prenez aussi la tête du loup et son corps pour l'amener au roi, notre trophée.

- Fort bien, général !

- Merci Percé, mais il ne sortira pas de la grotte sans l'accord du roi !

- Oui, si le roi t'accorde sa libération, tu pourras venir lui retirer ses chaînes ; sinon, il restera prisonnier dans cette grotte.

Enaya part à ma rencontre alors que je rugissais et me dit :

- Emrik calme-toi !

- Pourquoi me calmer, ils veulent me tuer !

- Tu ne vas pas mourir, mais tu vas être prisonnier dans la grotte !

- Et toi ?

- Pour moi, le général qui est le père de ma fille ne me fera rien !

- Je vais être en prison au lieu que je sois libre et que je puisse voir ma fille aussi !

- Je le sais, je vais voir le roi pour, il te libère, car il me doit une faveur, et ça sera moi qui viendrai t'enlever les chaînes ! Je te le promets !

- D'accord !

Je suis rentré dans la grotte avec les soldats. Ils forgèrent des chaînes qui s'accrochèrent dans le mur et au sol. Mes pattes étaient enveloppées de menottes en acier et mes ailes aussi.

J'émettais des cris de manque de liberté, quand je remarquai la présence d'Enaya dans la grotte. Un magicien arriva devant la grotte après d'être enchaîné et il récita un sort en latin :

Tu coelum et terra es, si carcer meus hostis relinquit. Volo te sepelire viribus tuis naturalibus

(traduction en français : Toi, le ciel et la terre, si mon ennemi sort de sa prison.) Je veux que tu l'ensevelisses par ta force naturelle.

Un dôme transparent se forma au-dessus de la grotte, l'enveloppant de magie.

Enaya était parti avec Percé et l'armée au château. Un soldat était resté dans le village avec les villageois de la tribu maya. Ils arrivèrent au château après quelques jours. Enaya s'entretenait avec le roi et Percé et ils se disent :

- Bonjour majesté.

- Bonjour Enaya, Percé m'a dit que tu protégeais un dragon et pour quelle raison ?

- Majesté, Ce n'est un monstre, mais un humain, car il y a une sorcière avec de grands pouvoirs qui l'a transformé en cette bête. Et je peux vous dire autre chose, mon seigneur ?

- Oui, Enaya !

- J'ai sauvé votre fils de la mort et je pouvais vous demander tout ce que je voulais ?

- Oui, je n'ai qu'une parole !

- Je vous le demande, libérez ce dragon, je vous en supplie !

- Pourquoi veux-tu le libérer, c'est un danger pour tous les peuples ! As-tu vu les fresques du château ? Les humains ont toujours combattu ces créatures dont je ne peux pas t'offrir la liberté !

- Mais je l'aime !

- Tu aimes une telle créature. Tu as de la chance que je t'accorde qu'il reste une envie dans cette grotte et que nous la nourrissons ! Peut-on amener la fille de Percé ?

Enaya était en larmes.

- Oui ! Il faut que je parte seule à cheval à Dark et que je revienne avec ma fille !

- Fort bien !

- Préparer la chambre Enaya dans la suite royale pour qu'elle se repose. Percé, fais-moi voir la tête de la créature qui attaquait ce peuple que je ne connaissais pas. Avez-vous réussi à communiquer avec eux ?

- Moi non, mais Enaya comprend leur langue.

- Enaya après avoir été chercher ta fille, je voudrais que tu apprennes le dialecte de ce peuple et tu auras le droit d'aller en même temps voir ta créature.

- Fort bien, mon roi !

Enaya sortit de la pièce et partit seule en direction de sa chambre et s'écroula dans les marches dans un état désespéré, en larmes.

Chapitre 11 : Une amitié par comme les autres

Un an passa, Percé voyait sa fille aux châteaux grandir et Enaya donnait des cours de dialecte au village de la tribu maya pour qu'il apprenne la langue française et à l'inverse. Dès qu'elle avait le temps, elle venait me voir dans la grotte. Notre amour grandissait, tel que deux âmes réunies pour la vie éternelle. Je lui racontais que j'aurais bien voulu voir ma fille grandir et je ne dirai jamais le lieu d'habitation de Mystik au roi. Je voulais les protéger, ma fille et les enfants que j'avais une petite part à élever avec elle. Ce que je ne savais pas, c'est que ma fille Léana était déçue de voir sa mère qui m'avait transformé en monstre. Elle essaya dans son dos d'apprendre la magie alors qu'elle est si jeune. Elle était âgée de quatre ans depuis mon départ. Maintenant, elle doit être plus âgée. Elle avait un très grand talent en sorcellerie. Pendant que sa mère lui apprend à être une enfant normale pour qu'elle ne développe pas son talent. Léana dit à sa mère :

- Maman, vu que papa est parti et que j'ai grandi, je voudrais savoir pourquoi tu m'as transformée en monstre ?

- Bien sûr, ma fille, mais ce n'est pas moi qui ai pris cette décision, c'est lui, car il n'a pas voulu me revenir, et de toute façon, ce sont des histoires d'adulte et non d'enfant.

Glasou descend et écoute la conversation et dit à sa sœur :

- Vient ma sœur, nous allons jouer et essayer d'oublier ce qui s'est passé.

- Je ne peux pas, car elle a transformé mon père et l'a fait partir.

Elle est sortie de la maison en pleurant.

Une petite pie arriva dans l'étable, elle avait un objet brillant dans son bec. Elle entendit Léana ouvrir la porte. L'oiseau avait pris peur et lâcha l'objet, et il tomba sur la paille dans un coin à l'extérieur du box de Vaillant. La petite chose était une bague rouge entourée d'or avec des motifs inconnus. L'oiseau repartit très vite d'où il venait. Léana ne remarqua pas tout de suite le petit objet. Elle s'approcha du Cheval pour lui parler et elle lui dit :

- Bonjour Vaillant. Pourrais-tu m'aider à retrouver papa ?

- Huuuu !

- Tu me comprends ?

- Huuuu !

- Il faudrait que je te donne la parole, mon ami Vaillant. Mais comment pourrais-je faire cela ? Je n'apprends pas assez vite la magie et je ne connais pas les sorts pour donner la parole aux animaux.

Quand un rayon de soleil traversa la fenêtre de la grange. Il l'illumina, formant l'objet qui le fait briller telle une étoile de lumière. Léana remarqua un éclat dans la paille et se posa la question :

- Qu'est-ce que c'est que ce truc qui m'éblouit les yeux ?

Plus elle s'approcha, plus elle remarqua la couleur rosée de l'objet. Elle le ramassa et remarqua que c'était une simple bague entourée d'or rosé. Elle le met à son annulaire droit. Elle entendit des chuchotements comme des voix qui voulaient lui parler et elle se dit :

- Ça doit être mon imagination. , Vaillant entends-tu des murmures ?

- Huuuu ! Huuuu !

- C'est la bague, elle est magnifique, mais je l'entends me chuchoter quelque chose.

Elle met sa main près de son oreille et elle écoute les murmures :

- Toi qui m'as trouvé, et je te donnerai le pouvoir.

Léana retira la bague de son doigt, elle avait peur et se dit :

- Comment une bague peut parler, même magique ?

Elle attendit quelques minutes, intriguée, puis elle lui parla de l'objet avant de le remettre à son doigt :

- Quel est ce pouvoir ?

- Mets-moi à ton doigt !

Elle mit la bague sur son annulaire droit. Soudainement, un pouvoir enveloppe la jeune fille. La magie lui parla.

- Que veux-tu de plus précieux ?

- Je voudrais grandir pour ne plus être petite !

Soudain, elle grandit, de quatorze ans de plus.

- Je voudrais savoir qui es-tu ?

- Je suis un génie qui exauce les vœux du porteur de la bague !

- Qui t'a enfermé ?

- On m'a créé et non enfermé, je m'appelle Efa !

- Enchanté, Efa !

- Moi aussi, Léana, je suis enchantée.

- Comment tu connais mon nom ?

- Je suis un génie, je sais tout sur tout !

- Sais-tu où est mon père ?

- Oui, je le sais !

- Pourrais-tu m'aider et m'amener près de lui ?

- Non, Léana, nous ne pouvons pas nous déplacer, car je suis très limité en pouvoir de déplacement, parce que mon ancien maître l'a bloqué.

Par colère, elle retira la bague et elle redevint petite et la jeta sur le sol. Efa lui parla par télépathie et lui dit :

- Ne t'inquiète pas pour ton père, il est vivant dans une grotte sous une cascade.

- Il faut que je cherche un moyen pour trouver un pouvoir qui me permet de voir mon père sans que ma mère sache !

Elle remit la bague et reprit sa taille d'une jeune fille de dix-neuf ans.

- Efa Pourrais-tu me dire tous tes pouvoirs que tu peux utiliser, s'il te plaît ?

- Oui, Léana ! Les pouvoirs que je ne peux pas utiliser sont le pouvoir de déplacement à grande distance, le pouvoir de détruire une vie, le pouvoir d'enrichir. Tous les autres pouvoirs, je peux te les exaucer.

- Donc, si je te demande de donner la voix à Vaillant, tu pourras lui donner.

- Oui, je le peux, mais si tu m'enlèves de ton doigt, tu ne l'entendras plus, car il n'y a que le porteur qui puisse entendre et avoir ses pouvoirs.

- D'accord, alors Efa, dis-moi qui était ton ancien maître ?

- Mon ancien maître était le roi Florus !

- Et pourquoi tu n'es pas resté avec lui ?

- Il a été tué et brûlé sur un bûcher par son peuple, car il voulait créer la famine chez les villageois. Ensuite, au moment qui dormait, le peuple se rebella en empoisonnant toute son armée et il le présenta sur le bûcher. Il brûla avec moi à son doigt, parce que je ne pouvais pas lui procurer la richesse. Un jour, un oiseau est venu picorer le cadavre de mon ancien maître, je suis tombé sur le sol. Un sanglier sauvage entra dans le village et me mangea avec le doigt. J'ai atterri dans son excrément dans les bois. Un enfant m'a pris et mis dans un sac en toile. Il m'oublia ensuite et j'ai été revendu au marché noir. Qui m'a fait traverser la mer, dans les mains d'un pirate. Un jour une pie me prit dans son bec, car je brillais, et me voilà à ton doigt.

- C'était une très grande aventure pour toi ?

- Oui ! Si tu le dis !

- Tu n'as rien à craindre maintenant, je resterai ton amie et je te garderai sur mon doigt.

- Merci Léana.

- Efa pourrais-tu redonner la véritable apparence à mon père ?

- Non !

- Comment ça, non ?

- Comme je te l'ai dit, je ne peux pas, car pour qu'il reprenne son apparence véritable, il faut être détenteur d'un très grand pouvoir. Il faut posséder le livre des enfers, comme c'est un sort trop puissant ; même si le contraire du sort fonctionne, il ne retrouvera pas son apparence totale.

- Pourrais-tu me dire où est-ce livre ?

- Oui, je peux te le dire, il est dans une grotte en connexion spirituelle avec ta mère Mystik. Ce lien ne peut être enlevé que par la mort de sa maîtresse. Si elle utilise trop souvent le pouvoir du livre, Draconia la démone reviendra lui prendre son âme et le grimoire retournera dans ses trésors, telle est sa malédiction.

- Alors ma mère a aussi une malédiction sur elle ?

- Oui, comme ton père !

- AH oui, laquelle ?

- Celle de ne plus devenir humain et de rester le dragon céleste. Si le livre disparaît dans les enfers, la malédiction quand t'a elle restera !

Soudainement, elle demanda à Efa de la remettre en une petite fille, car elle entendit son frère arriver. C'était Kaïl et il dit à sa sœur :

- Léana, Léana !

- Je suis là !

- Je me doutais que tu étais ici avec Vaillant, il te rappelle ton père ?

- Oui, c'est ça, maman m'a autorisé à le garder et plus tard, je le montrerai comme mon père.

- Tu as raison ! Tu ne devrais pas lui en vouloir à maman !

- Et pourquoi c'est elle qui le transforme en monstre ? Et de plus, je ne peux pas le voir ?

- Je sais très bien ce que tu ressens, moi aussi, je ne vois pas mon père, car il m'a fait du mal ! Mais essaie de ne pas en vouloir à maman, elle essaye d'oublier ce qu'elle lui a fait !

- Tu crois que mettre la faute sur mon père et se remettre avec le géniteur de Glasou fera changer les choses. Alors non, peut-être qu'avec le temps, j'oublierai ce qu'elle a fait à mon père, mais là…

- Je sais, mais ce sont des histoires d'adulte, et toi comme moi, nous ne sommes que des enfants.

- Je voudrais voir mon père sans qu'il soit une créature telle qu'il est maintenant !

- Il reviendra, ne t'inquiète pas.

- Oui, je le sais à présent ! Laisse-moi, s'il te plaît ! Je veux rester seul avec Vaillant !

- D'accord, petite sœur.

Kaïl repart dans la maison et discute avec sa mère. Pendant ce temps, Léana remet la bague.

- Efa !

- Oui !

- Pourrais-tu donner la parole à Vaillant ?

- Oui, je le peux ! Regarde !

Brusquement, une lumière éclaira Vaillant venant de la bague.

- C'est fait, mais n'oublie pas, il n'y a que la porteuse qui puisse le comprendre.

- Même pas mes frères ?

- Même pas tes frères et ni ta mère ! Même si elle a des pouvoirs plus puissants que les miens !

- Tant mieux !

- Vaillant, sais-tu qui je suis ?

- Oui, je sais, tu es ! Tu es Léana, la fille de mon cavalier !

- Oui, Vaillant ton cavalier est parti et nous a laissés seuls !

- Non, mon cavalier vient toujours me voir pour me donner à manger et s'occuper de moi.

- Là, il ne pourra pas, parce que ma mère a été transformée en monstre !

- Non, ce n'est pas possible. Qui va s'occuper de moi maintenant ?

- Moi, Vaillant, je vais m'occuper de toi et tu vas m'aider à retrouver mon père ! Acceptes-tu, Vaillant, de m'aider ?

- Oui Léana, je suis à ton service ! Non d'un cheval, tu as de la chance. À présent, je suis plus rapide qu'avant !

- Oui, je le sais, mon père n'arrêtait pas de parler de toi !

- C'est vrai ?

- Oui, il t'adorait comme son meilleur ami !

- AH oui, alors nous partons quand chercher ton père ?

- Pour l'instant, nous devons chercher le grimoire des enfers, pour enlever ce sort ! Aussi, nous avons Efa qui va nous aider pour cette tâche.

- Oui, le grimoire se trouve dans une grotte protégée par une illusion.

- Nous ferons ça tout à l'heure ! Car là, je dois aller manger. Ensuite, nous irons là-bas. Sans que ma mère le sache. Nous sommes D'accord ?

- Huuuu ! Oh oui !

- Et toi, Efa ?

- C'est bien la première fois qu'on me demande mon avis ! Oui, je t'aiderai !

Mystik appela Léana pour aller manger.

- Léana à table !

- J'arrive, maman !

Léana commença à manger avec tout le monde autour de la table. Il y avait Glasou à côté d'elle sur sa droite, en face Kaïl. Mystik était au bout de la table et entre Mystik et Kaïl, il y avait Witch.

Léana avait vite mangé, car elle avait un but, sauver son père. Elle sortit de table et dit à sa mère :

- Maman, j'ai fini de manger !

- Tu ne veux pas un dessert ?

- Non, maman ! Je peux aller jouer avec Vaillant ?

- Oui, si tu veux !

Witch dit à Mystik comment Léana sort de la pièce :

- Elle est toujours avec le cheval de son père.

- Oui, depuis qu'il est parti.

- D'accord, et tu ne m'as pas dit pourquoi, il était parti.

- Non !

- OK, ce ne sont pas mes affaires.

- Oui, tu as raison !

Pendant ce temps, Léana avait remis sa bague et elle dit à son ami :

- Tu es prête, Efa ?

- Oui, je suis prête ! Mais il y a quand même un problème, ils vont voir ta disparition autour de la maison.

- Oui, tu as raison ! Tu as peut-être une idée ?

- Oui, je peux créer une bulle temporelle pour ralentir le temps !

- Ah bon, explique-moi ?

- Ta famille sera dans une bulle qui ralentit le temps, mais pas à l'extérieur de cette bulle.

- Tu veux dire, ils ne verront pas mon absence ?

- Oui, c'est ça, une minute est un jour passé à l'extérieur de cette bulle !

- Mais il y a un autre problème, c'est de sortir Vaillant ?

- Je peux rendre Vaillant invisible avec toi ! J'espère que ta mère n'a pas envie d'aller à la grotte. Sinon, elle pourrait se poser la question de ton absence et ressentir qu'il y a une bulle temporelle. Ensuite, elle cherchera à savoir ce qui s'est passé, sans doute à me trouver et à nous séparer !

- Ça, je ne veux pas, car tu es mon ami et tu peux aussi m'aider à sauver mon père de cette malédiction.

- Personne a considéré comme un ami. Je te remercie et ne t'inquiète pas, on va réussir à sauver ton père. Et c'est parti.

Quelques secondes après, Efa fit grandir Léana et elle monta Vaillant. Ensuite, Efa créa une bulle sur trois cents mètres à la ronde autour de la maison. Tant que Léana était en contact avec la bague, elle ne pouvait pas être infectée par le sort magique. Ils s'avancèrent tous les trois vers l'a sorti de la bulle temporelle. Léana demanda à Efa :

- Pourrais-tu nous indiquer où se trouve le chemin de la grotte ?

- Oui !

Soudainement, Efa créa un oiseau de lumière pour indiquer leur chemin. Elle leur demanda de suivre la colombe lumineuse. L'oiseau traversa les bois quand tout d'un coup, elle s'arrêta sur le sol pour indiquer à Léana l'endroit de la grotte. Elle demanda à Efa :

- Tu es sûr qu'il est ici, car je ne vois rien à part des buissons épais ?

- Oui, regarde !

Elle fit passer l'oiseau à travers l'illusion, Léana et Vaillant traversèrent avec l'aide d'Efa. Ils aperçoivent l'entrée de la grotte. Vaillant dit à Léana :

- Léana, je suis un cheval, mais là, je ne veux pas rentrer dedans, car il fait trop noir !

- Ça va aller. Vaillant, nous avons Efa, qui est notre amie et elle a énormément de pouvoir !

- Oui, c'est vrai, Vaillant . Veux-tu que je te donne du courage ?

- Non, merci, je vous attends dehors !

- D'accord, vaillant !

Elle descendit de cheval puis elle continua en entrant dans la grotte. Léana regarda tout autour d'elle. Elle regarda le sol. Léana remarqua des taches de sang incrustées sur les murs aussi, avec des inscriptions et des symboles magiques. Plus qu'elle s'avança, plus qu'elle se posa la question :

- Si ma mère était une bonne sorcière, je ne pense pas que je verrais tout ce sang qu'il y a partout dans la grotte. Efa est-ce que le sang est humain ?

- Il y a du sang humain et d'animaux !

Ils s'avancèrent un peu plus profondément dans la grotte. Au loin, elle distingua le grimoire fermé sur l'autel et, sur sa droite, deux cages ouvertes avec une odeur nauséabonde. Elle se mit devant l'autel et commença à tourner les pages. Elle arriva jusqu'à la page de transformation du dragon céleste. Elle trouve la formule pour le créer, mais pas celle de redonner la transformation. Léana posa une question à Efa :

- Efa commentaire, je fais pour sauver mon père ? S'il n'y a pas de formule pour enlever ce sort ?

- Je ne sais pas ! Je pensais que la solution était dans le livre vu que la formule est là !

- Oui, je suis d'accord ! J'ai peut-être une idée ; si nous inversons quelques mots de la formule !

- Oui, certainement que ça pourrait marcher !

- Efa, je voudrais que tu ramènes mon père ici ! Est-ce que tu peux ?

- Non, je ne le peux pas, il est enchaîné dans une grotte protégée par un sort. S'il disparaît de ce lieu auquel il est attaché, elle s'écroulerait sur lui.

- Tu veux dire que nous sommes obligés d'aller dans la grotte qui est sous la cascade, comme tu m'en as parlé.

- Oui, mais c'est très loin et très dangereux !

- Alors comment faire ? Pourrais-tu déplacer le livre là-bas et le remettre ici pour que ma mère ne remarque pas son absence ?

- Oui, je le pourrais !

- Peux-tu me dire où elle se trouve, cette grotte sous cette cascade ?

- Bien sûr, elle se trouve vers le sud-ouest à trois jours de notre position !

- Est-ce qu'il est seul là-bas ?

- Non, un ange est près de ton père !

- Un ange, comment ça, je croyais que ça existait pas ?

- Oui, ça existe et ils sont tombés amoureux. Leur amour est unique et très fort. Ils ressentent tous les deux la même chose, telle que leurs âmes qui avaient fusionné ensemble pour n'en former qu'une seule. C'est très rare de voir une telle chose arriver. J'ai eu plusieurs maîtres qui étaient amoureux de leurs reines, mais comme celui-ci. C'est la première fois que je vois un amour fusionnel.

- L'ange de mon père ne peut pas l'aider à s'échapper ?

- Non, elle ne peut pas, car le roi de Muria l'empêche et ils ne connaissent pas son secret !

- Il faut qu'on aille dans cette grotte ! Efa donne-nous la direction pour aller sous la cascade et que personne ne nous voie !

- D'accord, Léana ! Elle demanda à l'oiseau de leur indiquer le chemin vers la plaine dans la crevasse.

- Il faut que je sauve mon père. Papa, j'arrive pour te sauver !

Léana avait les larmes aux yeux, plus qu'il s'approchait de moi. Efa envoya un sort d'invisibilité sur eux pour traverser la forêt sans danger.

Pendant ce temps, je discutais avec Enaya par télépathie, elle se mettait contre moi en pleurant. Elle me dit :

- Emrik, je suis désolé que tu sois dans cette grotte et pas près de ta fille ! Je sais qu'elle doit te manquer.

- Oui, elle me manque, j'aimerais la voir un jour, mais pas dans cette forme !

- Je te comprends, mais ne t'inquiète pas, elle sait qui tu es et son amour sera toujours là !

- Merci Enaya de me réconforter !

- Emrik, je suis obligé de partir voir ma fille qui est auprès de son père !

- Oui, je te comprends, vas-y !

- Je reviendrai te voir et je vais essayer d'insister auprès du roi !

- D'accord, mais je connais déjà sa réponse !

- Garde espoir, mon amour !

Quelques larmes coulèrent de mes yeux, au moment du départ d'Enaya. Elle s'éloigna du village pour sortir ses ailes assez loin pour que personne ne la voie et elle partit près du château pour aller voir sa fille Bella qui jouait avec son père et Glenn. Pendant ce temps, ils arrivèrent sous la cascade et entendirent un grognement. Vaillant était effrayé d'entendre un tel son. Plus ils s'enfonçaient dans la grotte, plus ils entendaient mon ronflement. Léana m'aperçoit, recroquevillée sur moi-même. J'attendis des pas de sabots retentir autour des parois et je me mis à grogner.

Léana dit à Efa :

- Efa peut délivrer la voix de mon père ?

- Oui, je le peux !

Soudain un son sortit de ma gueule.

- Qui est là ? Et comment je peux parler ?

Tout d'un coup, Vaillant sortit de l'enchantement avec Léana plus âgée.

- Vaillant mon ami, je suis content de te voir, et toi jeune fille, qui es-tu et comment as-tu eu mon cheval, du moins quand j'étais humain ?

- Papa, c'est moi, ta fille Léana !

- C'est impossible, quand je l'ai laissée, elle avait à peine quatre ans !

- J'ai grandi grâce à Efa !

- Fais attention à ta mère ; si elle sait que tu es ici, elle va me tuer comme elle a déjà essayé en m'envoyant ce loup de glace !

- Comment ça, elle t'a envoyé un loup de glace pour te tuer ?

- Oui, elle l'a envoyée, mais je ne sais pas si c'est pour me tuer ou massacrer les personnes qui m'entourent pour que je sois maudit ! Un général l'a tué et il voulait le tuer aussi mais un ange est venu l'empêcher, car le roi lui avait ordonné de tuer toutes créatures mystiques. Sans cet ange, je ne serais plus de ce monde !

- Papa, et maintenant, elle est où cet ange que je voudrais remercier ?

- Elle est partie au château voir sa fille ! Et toi ma fille, tu es venu pourquoi ?

- Je suis venu te rendre ton apparence !

- Tu ne pourras pas, ma fille, personne ne peut retirer cette malédiction, même pas ta mère !

- Nous allons essayer, papa !

- Comment ça, nous ?

- Oui, j'ai un ami qui va m'aider ! Efa peux-tu amener le livre des enfers devant moi ?

- Oui, je peux !

Le livre des enfers disparaissait de la grotte qui était posée sur l'autel pour arriver dans les bras de Léana. Ensuite, elle s'avança devant moi et récita la formule en modifiant certains mots de la formule magique du grimoire et récita à haute voix : Tusa an dragan is athair dom a thaispeáin dom d'aghaidh fíor, folaigh agus tabhair ar ais dom aghaidh m'athar a bhí mallaithe. Folaigh d'aghaidh ón dragan neamhaí. *(Traduction en français : Toi le dragon qui est mon père qui m'a montré ton vrai visage, cache-toi et redonne-moi le visage de mon père qui a été maudit. Cache ton visage au dragon céleste).*

Je commençais à sentir une souffrance intense sur tout mon corps. Mon apparence diminua de taille au fur et à mesure des minutes écoulées. Mes écailles commencèrent à disparaître, laissant ma peau revenir normale, mais de couleur sombre. Ma gueule se réduisait pour redevenir un visage d'apparence humaine. Mais le sort était tellement puissant qu'il me laissa mes ailes de dragon devenues de petite taille et ma queue en pointe de flèche. Je souffrais de la modification de tout le corps. Au village, les villageois se posèrent des questions sur les cris que j'émettais. Le chef Kouhaki demanda à un des guerriers d'aller au château, prévenir Percé et Enaya de ce qui se trame dans la grotte. Il prit un cheval et partit rapidement à Muria vu qu'ils ont bonne entente depuis qu'Enaya leur apprend le français et d'autre langue. Léana se posa la question Efa :

- Est-ce que mon père va vivre par rapport à sa transformation humaine ?

- Je ne sais pas. Léana

Des jours passèrent et je n'étais plus un dragon, mais un humain hybride. J'étais dans un sommeil profond dû à la forte douleur. Le guerrier arriva au château. Il entra en se présentant comme un soldat dans la salle du trône. Enaya, Percé et le roi étaient en pleine conversation dans la pièce. Le roi dit :

- Pour votre visite, mon ami !

- Nous avons un souci avec la créature ; il émet des cris de douleur et nous n'avons pas voulu aller voir, car nous avons peur de lui !

- Comme ça, des cris de douleur dit Enaya.

- Ça ne doit être rien ! Laissez-le souffrir ! *(dit le roi)*

- Nous devrions aller voir mon seigneur ? *(dit percé)*

- Percé, reste là pour t'occuper de Bella, moi, je vais aller voir ce qui se passe !

- Tu ne veux pas que je vienne avec toi ? Car il est peut-être dangereux ?

- Non ! Je vais le voir, parce que je l'aime ! Et il m'a déjà sauvé la vie contre ses démons !

Enaya sortit seule de la pièce, courut prendre un cheval et le cacha dans la forêt. Elle l'accrocha assez loin pour pas que quelqu'un puisse utiliser ses ailes. Elle vola très vite et elle était en larmes. Elle se répéta :

- Je n'aurais jamais dû te laisser enfermer dans cette grotte. Dieu, écoute ma prière, protège mon amour, même si vous ne l'acceptez pas parmi nous, car vous avez peur de lui !

Dieu avait vu ce qu'il se passait et que le dragon changeait de forme pour devenir un hybride.

Au même endroit, dans la grotte, Léana me dit :

- Papa, je suis désolé que tu sois maintenant devenu partiellement un humain ! Papa, je m'en veux que tu aies subi tout ça par maman !

- Je… ne t'en veux pas, ma fille ! Je t'aime.

Léana se mit à pleurer.

- Papa, tu es réveillé ?

- Oui, ma fille, je te remercie d'avoir essayé de me sauver ! Vous devriez partir. Même si je ne suis plus cette créature, j'entends des soldats arriver rapidement !

- Mais toi, papa, viens avec nous ?

- Je ne peux pas, je suis trop faible ! Allez ! Partez vite !

- Papa, est-ce que l'on va se revoir ?

- Oui, ma fille, on se reverra ! Regarde toujours vers le ciel et suis le sens du vent, je t'émettrai un signe pour que ta mère ne sache pas que je suis près de toi !

- Fort bien, je te le promets !

Elle demanda à Efa :

- Peux-tu remettre le grimoire à sa place et nous rendre invisibles.

- Oui, je peux !

Elle fait disparaître le grimoire des enfers et il retourne dans le lieu où elle l'avait pris. Elle le rend invisible.

- Efa éloigne-nous d'ici au plus loin que tu peux !

Elle le téléporta au grand lac. Pendant ce temps, une petite armée descendait les escaliers en tête Percé.

- Au revoir ma fille, tu es devenue belle. Au revoir mon ami Vaillant et Efa protège ma fille.

Je me suis mis en larmes et je retombe dans un sommeil. Plus un bruit ne sortit de la grotte.

Tout d'un coup, Enaya arriva après avoir caché ses ailes dans la grotte. Elle marcha délicatement pour ne pas faire de bruit et me vit au loin, allongé sur le sol. Elle courra vers moi, me prendra dans ses bras et me dira :

Emrik qu'est-ce qui t'est arrivé pour que tu redeviennes un peu humain, mon amour ?

Enaya était en larmes. Elle ne comprenait pas ce qui s'était passé entre son départ au château et maintenant.

- C'est ma fille qui a voulu m'aider à redevenir normal !

- Tu es envié, mon amour !

- Oui !

- J'ai eu peur !

- Il ne fallait pas ! Il y a des soldats qui arrivent dans la grotte !

- Ça doit être Percé !

- Oui, c'est bien le chevalier qui voulait me tuer ! Là, il pourra, je suis désarmé !

- Ne t'inquiète pas, je te protégerai. Je ne vais plus te quitter, mon amour !

Percé entra dans la grotte avec quelques soldats et dit :

- Qu'est-ce qui s'est passé ? Il est où, le dragon ?

- Il a disparu !

- Et quelle est cette créature que je n'ai jamais vue ?

- Percé, je te répondrais à ta question si tu pouvais faire sortir tes soldats !

- Pourquoi ?

- Je veux te révéler un secret !

- Fort bien ! Soldats, sortez tous de la grotte !

La petite armée sortit tous sans exception.

- Percé, je ne suis pas moi aussi une humaine, mais un ange !

Enaya murmura une mélodie et ouvrit ses ailes blanches. Elle scintillait devant les yeux de Percé.

- Alors, tu es un ange et tu es descendu de la montagne, et notre fille, elle aussi, est un ange ?

- Oui, le médaillon vient de mes ancêtres.

- Je comprends mieux comment as-tu pu sauver Glenn alors qu'aucun de nos soigneurs n'avait pu le sauver !

- Oui, tu comprends pourquoi je cachais mon secret et celui de notre fille ? Le roi t'aurait demandé de nous tuer et tu n'aurais qu'exécuté les ordres ?

- Oui, tu as raison !

- Enaya, rentre tes ailes pour pas que quelqu'un répète ton secret et que vous soyez pourchassée !

- D'accord, mais tu vas faire quoi ?

- Je vais garder votre secret, je n'ai pas le choix ! Je vais retourner au château et raconter que j'étais obligé de tuer la créature !

- Tu ne vas pas le tuer ?

- Non, il faut qu'il crie, et je sortirai de la grotte !

- Et si le roi dit. Elle est où, la tête du monstre ?

- Je lui dirai que le pouvoir de l'épée la désintègre et le tour est joué ! Mais je voudrais savoir si je vous laisse partir, est-ce que je pourrai toujours voir ma fille ?

- Bien sûr, je ne t'empêcherai jamais de voir ta fille et je te donnerai un objet magique qui te permettra de te déplacer dans un autre monde où nous serons.

- D'accord, faisons ça !

Pendant ce temps, qui préparait leur mise en scène, Léana repartit avec Vaillant et Efa chez elle. Ils arrivèrent devant la maison de Mystik, Léana remit Vaillant dans l'écurie et elle demanda à Efa de lui redonner sa taille normale. Elle retira la bulle temporelle, tout d'un coup Léana lui demanda :

- Efa, je voulais te remercier de tout ce que tu as fait, c'est pour cela que je te redonne ta liberté ! Mon but était de délivrer mon père de cette apparence de dragon céleste !

- Merci Léana de me dire ça, car tu es la seule personne qui m'ait donné une amitié, tu seras toujours mon amie !

Soudainement, Efa se transforma en un chat noir.

- Je resterai toujours près de toi, si tu as besoin de moi.

- Merci, Efa

Le petit chat noir sauta dans les bras de sa maîtresse. Léana partit voir sa mère qui étendait le linge à l'extérieur.

- Maman, j'ai trouvé un petit chat noir, puis-je le garder, s'il te plaît ?

- Si tu veux, mais c'est ta responsabilité, tu dois tant l'occuper et lui donner à manger !

- Oui, maman, je m'en occupais tous les jours !

- Tu lui as donné un nom ?

- Oui, je vais l'appeler Efa

- C'est un très joli prénom !

Au même moment qu'elle discutait avec sa fille, Mystik ressentit que quelqu'un avait utilisé le grimoire. Elle dit à Léana :

- Je vais te laisser, ma fille, je dois aller chercher des provisions. Peux-tu rejoindre tes frères, s'il te plaît ?

- Oui maman !

Léana savait pourquoi sa mère était partie et que ce n'était pas pour des provisions. Elle part rejoindre ses frères et Witch. Au même moment que Léana rentre dans la maison, Mystik prit sa jument Venus et partit rapidement en direction du lieu où le livre l'attendait. Pleine de questions lui traversa ses pensées :

- Qui a pu faire ça ? Qui a pu trouver le lieu où le livre se cachait ?

Plus elle s'approchait du lieu caché, plus elle avait peur qu'il soit volé. Elle arriva devant les buissons, elle descendit de sa jument et s'avança. Elle récita son incantation pour retirer le sortilège qui protégeait l'entrée. Elle a pris dans une sacoche de la selle de Vénus un tissu rouge, propre et aussi doux qu'une plume de corbeau. Elle s'avança en courant vers l'entrée de la grotte et s'arrêta d'un coup. Elle essayait de ressentir s'il y avait une présence de démon qui aurait pu s'approcher du livre. Elle ne ressentit aucune présence autour de la caverne, même pas d'animaux. Mystik se dit :

- Ce n'est pas normal que je ne ressente aucune présence. Il faut que je le mette à l'abri avec un gardien !

Soudain, Mystik avait pris une décision pour le grimoire. Elle décida de le cacher dans un autre endroit où elle pouvait l'avoir toujours près d'elle. Elle enveloppa le livre dans le tissu rouge et elle lui jeta deux sorts pour protéger son bien. Le premier sort était une barrière de protection avec un piège. L'autre lui a jeté un sort d'illusion pour le cacher, pour que personne ne le trouve et ne l'utilise. Pendant ce temps, Percé repart de la grotte et demande au magicien de retirer le sortilège, car il y a plus de danger, le monstre a été tué. Il enleva le sort et ils partirent en direction du château. La nuit tomba sur la plaine. Enaya sortit d'abord de la grotte pour voir si personne était là, puis elle me dit :

- Emrik, c'est le moment de partir, il n'y a personne !

Je commençai à récupérer des forces, mais j'étais obligé de partir rapidement. Nous ouvrîmes nos ailes et partîmes vers la montagne de Dieu qui est plus à l'est. Nous étions au pied quand Enaya me dit :

- Mon amour, je vais aller voir Dieu s'il peut t'accepter parmi nous, car tu n'es plus un dragon, donc tu n'es plus un danger pour les anges.

- D'accord !

Elle ouvrit ses ailes et partit dans le ciel en haut de la montagne. Elle voit sa mère et son frère et dit :

- Bonjour maman ! Bonjour Sirius comment vous allez ?

- Nous allons bien. Et toi, ça va, car tu as l'air triste ?

- Oui, ça va, il faut que j'aille voir Dieu !

- A bon, qu'est-ce qui t'arrive ? C'est Bella, il lui est arrivé quelque chose ? *(dit Iria)*

- Non, elle va bien et moi aussi, il faut que j'aille voir Dieu !

- Vas-y, il est sur son trône *(dit Sirius)*

Enaya volait jusqu'à Dieu, au même moment Iria posait des questions à son fils :

- Qu'est-ce qu'elle a, ta sœur, pour voir absolument Dieu ?

- Je ne sais pas ! On verra bien, je sens que Dieu va me demander quelque chose !

- Comment peux-tu le savoir !

- Juste un pressentiment !

Enaya arriva devant Dieu et elle lui demanda :

- Dieu, j'ai besoin de votre aide !

- Je sais ce que tu veux me demander.

- Comment vous pouvez le savoir, Dieu, je ne vous l'ai pas encore demandé ?

- Enaya, je sais que tu veux partir dans un monde paisible avec Emrik. Que maintenant est devenu un hybride et plus un dragon. Tu veux un accès dans ce monde pour que Percé voie sa fille Bella quand il veut et Emrik sa fille Léana ?

- Oui, Dieu !

- Fais-moi venir Emrik devant moi !

- Je vais le chercher tout de suite !

Elle sortit ses ailes et descendit me chercher. Quand je suis monté sur la montagne de Dieu. Les anges me regardèrent tous et se chuchotèrent entre eux, parlant sur mon dos et celui d'Enaya. Iria arriva devant moi et Enaya et elle dit :

- Enaya, c'est qui cette hybride et qu'est-ce qu'il fait ici, et pourquoi tu l'as amenée parmi nous ?

- Cette hybride, il a un nom ! C'est Emrik et je l'aime ! Ta réponse à ta question, c'est Dieu qui m'a demandé de lui la présenté !

- AH bon ?

- Oui, maman, et tu as pensé à ta fille ? Elle peut être en danger avec lui ?

- Non, Bella n'est pas en danger en sa présence ! Et lui aussi, il a une fille !

- Comment une telle chose peut avoir une fille ?

- Maman, arrête-toi, Dieu a voulu la présence d'Emrik laisse Enaya l'amener devant Dieu !

- D'accord, j'arrête !

- Merci Sirius !

- Il n'y a pas de quoi !

Enaya m'amène devant Dieu. Il me demanda ce que je voulais faire :

- Emrik. Je connais vos sentiments entre vous deux, ils sont forts, et je sais que tu as une fille qui s'appelle Léana ! Veux-tu rester ici et vivre encore des tourments à la vue des autres, ou je demande à Sirius gardien des mondes, de vous ouvrir un endroit tranquille où Percé, père de Bella, et toi avec ta fille, un accès pour les revoir quand vous voulez ?

- Je préfère partir dans un monde paisible avec Enaya et Bella. Que nous avons aussi un accès pour revenir pour moi et Percé par rapport à nos enfants !

- Fort bien ! Enaya peux-tu aller me chercher ton frère ?

- J'y vais tout de suite, mon seigneur !

Sirius arriva devant Dieu et lui demanda :

- Oui, Dieu, vous m'avez demandé ?

- Oui Sirius, je voudrais que tu ailles dans la salle des trésors et que tu m'amènes, les trois bagues de Chronos qui permettent les téléportations de tous lieux !

- Fort bien ! Dieu, je suis à vos ordres !

- Et je veux que tu ouvres le portail des mondes pour ta sœur et son futur mari, qui sait ! *(Il se mettait à rire.)*

Sirius partit chercher les deux bagues dans la salle des trésors, pendant ce temps, j'attendais avec Enaya à l'extérieur de la salle du trône.

Sirius arriva avec les bagues, il m'en donna une, la deuxième. Enaya la porta à son pouce et la troisième était pour Percé, qu'elle la donnera quand elle ira chercher Bella.

Ils se présentèrent devant la porte sur laquelle les deux statues gigantesques les attendaient.

- C'est le moment où l'on se dit au revoir, petite sœur, tu as enfin ce que tu cherchais ! Un amour sincère !

- Oui, Sirius !

- Et toi, Emrik, gare à toi si tu fais du mal à ma sœur !

- Je te promets que je ne fais jamais de mal ni à ta sœur Enaya, ni à ta filleule !

- Maman !

- Je sais ! Tu viendras nous voir !

- Oui, je reviendrai vous voir avec Bella !

Sirius murmura une incantation en arabe :

easaa 'an tanfatih al'abwab ealaa ealam akhar talabah allanu. 'ana waliu al'amr wafi wasaey 'an yuajih alnuwr hadhih aljana. *(traduction en français : Que les portes s'ouvrent vers un autre monde que Dieu a demandé. Je suis le gardien, et c'est en mon pouvoir que la lumière fasse apparaître ce paradis.)*

Une image apparaît entre les deux anges, un paysage magnifique et fleuri. Je suis rentré le premier par le passage, ensuite, Enaya m'a suivie. Ce monde que nous avons traversé était magique, le ciel était d'un bleu turquoise, il y avait des lacs d'où des oiseaux tropicaux volaient, ils étaient de couleurs vives, du rouge, du jaune et d'autres couleurs comme le bleu et le vert. Les arbres étaient des palmiers aux pieds du sable doux blanc. C'était un lieu paradisiaque où nous pouvions élever des enfants et vivre paisiblement sans qu'il y ait des personnes qui vous jugent pour votre apparence. Une habitation était déjà construite pour nous, un cadeau que Dieu avait créé, elle était magnifique ; les murs étaient en marbre blanc, le sol coloré de rose très claire. Un lit avec un baldaquin et des draps blancs et des rideaux à peine transparents blancs. Une fontaine qui jaillissait de l'eau pure. Elle nous représentait, un hybride et un ange enlacés. Je n'en croyais pas mes yeux. Enaya me dit :

- Nous serons bien ici !

- Oui, tu as raison pour élever Bella et Léana, si elle veut bien ?

- Oui, tu as raison !

- Mon amour, il faut que je parte chercher Bella et voir si Percé va bien !

- Oui, vas-y ! Moi aussi, il faut que j'aille voir ma fille Léana !

- Très bien, on se dit à tout à l'heure ?

- Oui mon amour, à tout à l'heure.

Enaya dit à la bague de Chronos en arabe :

- Yanquluni kurunus bialqurb min qale at Muria limalik balw. *(traduction en français : Chronos, transporte-moi près du château de Muria du roi Balou.)*

Enaya disparaît en une fraction de seconde et se retrouve près du château, dans la forêt. Elle marcha quelques minutes. Elle arriva rapidement devant l'entrée ; les deux gardes la laissèrent passer.

Enaya rejoint Percé dans la cour qui jouait avec Bella. Elle posa des questions à Percé :

- Alors le roi t'a dit quelque chose pour notre subterfuge ?

- Non, il a cru ma version des faits.

Elle lui tendit la bague de Chronos. La bague était dorée avec des symboles infinis.

- Merci Enaya !

- C'est normal, viens par là, ma fille.

Percé lui donna leurs filles, elle était toute joyeuse.

- Je vois qu'elle va bien avec toi. Tu l'avais mis où, que tu es venu à la grotte avec ton armée ?

- Je l'ai laissé avec Glenn, il adore, il m'a dit qu'il la considérait comme sa petite sœur !

- C'est mignon ! Je vais te laisser, Percé. Au fait, merci encore de n'avoir rien dit pour mon secret !

- C'est normal, je ne voulais pas que vous soyez en danger !

Enaya lui fait un bisou sur la joue de Percé et repart dans la forêt. Il n'y avait personne dans les alentours quand elle dit :

- Yanquluni kurunus wabnati 'iilaa manzilina aljadid.
(traduction en français : Chronos, transporte-moi et ma fille dans notre nouvelle maison.)

Enaya et Bella, dans les bras, disparurent en une fraction de seconde et se retrouvèrent dans la maison paradisiaque. Pendant ce temps, je volais près de la maison de Mystik, Léana jouait à l'extérieur de la maison avec Efa et Vaillant dans un pré. Léana était redevenue jeune et elle se rappela mes mots :

- Papa m'a dit. Regarde toujours vers le ciel et suit le sens du vent. Regarde Efa une pluie de pétales de fleurs vole dans le ciel. C'est mon père, il me remercie de lui avoir redonné une nouvelle vie.

Je survolais en lâchant des pétales de fleurs dans le ciel pour la remercier pour ce qu'elle avait fait et que je l'aimerais toujours. Ensuite, je suis reparti dans ma nouvelle maison, rejoindre Enaya.

Une année passa, soudain notre amour avait créé une nouvelle née, une fille avec les pouvoirs de sa mère et peut-être un peu de mon caractère. Elle se prénommait Nina, elle avait à peine quelques mois qu'elle sauva grâce à son pouvoir. Un oiseau avec une aile cassée dû à une chute du nid, et elle l'a guéri devant nos amis comme Percé et notre famille.

Et voilà notre histoire d'amour éternelle et nos années de mariage.

À vous de trouver votre âme sœur et de la respecter ! !

Fin de cette histoire

Auteur et écrivain ce livre Sébastien Lee

Loi n°49-956 du 16 juillet 1949 sur les publications destinées à la jeunesse

En application de l'art. L.137-2.-I. du code de la propriété intellectuelle, toute reproduction et/ou divulgation de parties de l'oeuvre dépassant le volume prévu par la loi est expressément interdite.

© Sébastien Lee, 2025

Relecture : Prénom Nom ou entité
Correction : Prénom Nom ou entité
Autres contributeurs : Prénom Nom ou entité

© Sébastien Lee, 2025
Édition : BoD · Books on Demand, 31 avenue Saint-Rémy,
57600 Forbach, bod@bod.fr
Impression : Libri Plureos GmbH, Friedensallee 273,
22763 Hamburg (Allemagne)

ISBN : 978-2-3224-9719-5
Dépôt légal : Mars 2025

Auteur du livre :

Sébastien Lee